JN127027

悪役令嬢は冷徹な師団長に何故か溺愛される

CHARACTERS
登場人物紹介
クロエラ・ナヴァル
魔法師団長。ゲームでは
隠しルートの攻略キャラ。
他人に心を許さない超冷徹な
天才という設定だが、テレサには
やんちゃで甘い素の顔を
見せてきて!?
テレサ・ドルー
ドルー侯爵家の令嬢。
乙女ゲーム「光のお城の魔法使い」の
悪役令嬢として転生した。
前世は小心者のOL。
悪役っぽい顔を気にしている。
魔法が大好き。

ニコル・ミスティア
優秀な魔法師で魔法オタク。のんびりした性格。何故かテレサの味方。
トマス・デモン
学業優秀で学園に特待生として入学。正義感が強くテレサに攻撃的。
カール・シシリア
ハリーの側近騎士。マリエに好意を持っているが主人の幸せを願う。
ローズ・アルテマ
テレサの親友。見た目はキツそうだが情に厚く、いつもテレサの味方をしてくれる。
ハリー・アステリア
この国の王太子。マリエに一途に恋しているためテレサに冷たい。
マリエ・トリスカー
ゲームのヒロイン。平民だが飛び抜けた魔法の才能を持ち学園に特待生として入学。努力家で成功に貪欲な性格。

プロローグ

何故こうなったのか。

私は目の前の現実から逃避するために空を見上げた。

しかし、目をそらしても、現実は耳からもやってくる。

「テレサ様、あなたはそんな顔をしても本当に可愛いですね」

臆面もなく、びっくりするような甘いセリフを吐くのは、宮廷魔法師団の頂点である師団長のクロエラだ。

平民の出身でありながら、圧倒的な魔力と技術で魔法師を志す者すべてが通う学園の歴代記録を塗り替えるほどの成績で卒業。その後、入団するだけでも栄誉とされる宮廷魔法師団の師団長という地位に二十代も前半でついた。そんな才能の塊のような男を、この国で知らない人はいない。

更にその髪も瞳も黒曜石のような美しい深い黒で、彫刻のように整った顔立ち。

どんなセリフを吐いても許される顔だ。

対して、私は薄い地味顔。それなりに整っていて化粧映えはするが、本物の美人には程遠い。

可愛いというよりは「悪そうな顔」という表現が似合う。

超絶美形に可愛い可愛いと褒め称えられる薄い顔の女。

この状況を誰かが傍から見た場合、羨ましいというよりも嫌味を言われているのかと疑うんじゃないだろうか……勘弁してほしい。

そんな嫌な気持ちが顔にも出てしまう。

なのに、その気持ちはクロエラには伝わらないようで、更に私にぐいぐい近寄ってくる。

私はさっと距離を取り直した。

その人形のようなキラッキラの小顔で並ばないでほしい。

「私への嫌がらせはやめていただきたいです」

きっぱりと拒絶の言葉を発する。それでも相手(クロエラ)にはまったく怯んだそぶりがない。

強メンタルだ。

「嫌がらせだなんて。あなたと一緒にいると本当に楽しいのですよ。この世界にはまだ知らないことだらけだと、あなたが教えてくれた」

こちらの目を見てにっこりと笑いかけてくる顔は本当に綺麗で、こんなことをされたら倒れる人もいるんじゃないかと思うほどだ。

遠目で見る分にはとても素敵だ。

本当に。

遠目で見たい。

「何故何も言ってくれないのでしょう？　私とのおしゃべりは楽しくない？　私はあなたと話したくてたまらないというのに」

覗き込むようにこちらを見てくる男から、私は目をそらした。

「私には素晴らしいクロエラ様にお話しできるようなことはありません。そもそも約束をしていないような気がするのは気のせいなのでしょうか」

「あなたはまだ自分の魅力に気づいていないんですね。こんなに通い詰めてしまうほど、今や私はあなたにすっかり夢中なのに。それに、約束していないというのは気のせいではないでしょうか？先ほどは侯爵家の執事にもメイドにも、あなたの父上にも歓迎していただきましたよ。テレサ様のために明日も時間を作ったので、たくさん語り合いましょう」

「……師団長って暇なのですか？　すでに毎日来てますよね」

この甘いセリフを吐くストーカーはなんだろう……

お前はゲームでも現実でも、氷のように冷たいと噂だろ。

ヒロインだけにごくごく稀に見せる優しさが人気のキャラじゃなかったのか。

私の気持ちは誰にも届かない。

第一章　転生

私が前世の記憶を思い出し始めたのは、一か月前。

メイドに髪を梳いてもらいながら、最近気に入って取り寄せている香り高い紅茶をひと口飲んだ時だった。

「やっぱりこの紅茶美味しい……でも、やっぱり日本茶のが飲みたいな。って日本茶？」

日本茶が飲みたい。

唐突にそう思ったのだ。

あれ？　日本茶って何？

そんな飲み物は飲んだこともないし聞いたこともない。

でも、何か物足りなく感じる……

確かに美味しい紅茶を飲みながら、これではない味を確かに思い浮かべた。

まさかの日本茶飲みたさに蘇ってきた記憶。

そして、最初は違和感程度だったその気持ちは、徐々に膨らんできた。

日常に、特に何か変わったことがあったわけではない。それでも、今までの食事も確かに美味しいのに、思い浮かぶのは別の味に対する憧憬だった。

そして、本格的に記憶が蘇ったのは、昨日。寝る前にベッドで本を読んでいる時だった。

その日の紅茶にも、何か物足りなさを感じていた。

度々起こるその違和感を不思議に思いつつ、私はベッドでメイドに頼んで買ってきてもらった小説を読むことにした。

「これよこれ……ローズ様もすごい良かったって言ってた」

最近流行りの恋愛小説だ。出てくる男の人が皆格好良く、セリフも甘々でときめくという噂で楽しみにしていた。

私は大事に表紙を撫でてから、うきうきで本を開いた。

ストーリーは序盤から噂に違わぬ甘い甘い展開で、私はすっかり夢中で読み進めた。

そして甘いセリフににやにやしていたら、唐突に思い出したのだ。

最高ににやにやできる乙女ゲーム『光のお城の魔法使い』のことを！

それは、ベタベタに王道の乙女ゲームだった。

平民の主人公が光の魔法使いとなって、王子様その他の攻略対象者と結ばれるという話だ。全員が何かに秀でていて見目麗しい男の人が、一生懸命で可愛い主人公に夢中になるのだ。

数々の乙女ゲームをしてきたが、その中でも一押しのゲームだった。

主人公は顔こそ出てこないが、可愛いピンクの髪をしている小柄な女の子だ。

そして――

「うそ……」

蘇った記憶に衝撃を受け、思わず本を取り落とした。ばさりと落ちた本が身体に当たったけれど、それどころではなかった。

私、テレサはその乙女ゲームの悪役令嬢だ。

間違いない。

赤色の髪に緑色の瞳。地味ながらにつり上がった目。悪役然とした高笑いのスチルが蘇る。

見覚えがあるどころではない。今の私と同じ顔。

私はゲームの悪役令嬢のテレサに転生していたようだ。

これはどう考えてもまずい。

悪役令嬢といえば、その末路は追放や死亡。いい未来が待っていることなどない。

悪役令嬢であるテレサは、財力を見せつけたり、魔法の才能を持つ主人公を羨んで嫌がらせをしたりしつつ、何故か必ず主人公と同じ人を狙うのだ。

憎めないキャラで、いい当て馬として彼女のことは好きだったけれど、なりたいと思ったことはない。

信じられない気持ちで記憶を探ってみたが、どう考えても間違いなさそうだった。

ううう。どうせなるなら主人公が良かった。

でももう、変えられないのはわかっている。私はすでにテレサとして十五年生きている。

十五年分の記憶もしっかりあるのだ。

侯爵令嬢で、ドルー家の長女。

家督の兄が一人いるが、すでに公務を行う年齢のため忙しく、今はあまり関わりがない。

父親には溺愛され、母親はまったく子供に関心がないため、わがままに育っている。

当然のように両親の夫婦仲は終わっている。

順調に悪役令嬢の道をたどっているところだ。

しかし、前世の記憶が蘇ったせいだろうか。これから他人を蹴落としたり、ゲームのような嫌がらせをしようなどとは、とても思えなかった。悪役令嬢適性は皆無だと思う。今までテレサとして生きてきた自分と前世の日本人の自分とのギャップはかなり大きい。

幸い、テレサはわがままではあるものの性格はそこまで酷くはなく、今のところ人間関係は悪くなさそうだった。

見た目は確実に悪役令嬢を目指しているような感じに仕上がっているが……

私は確認のために鏡の前に立った。

「やっぱり、この悪そうな見た目。間違いなく悪役令嬢のテレサだわ……」

十五年見慣れた顔が映っている。

記憶にあるゲームのテレサと同じ顔だ。

テレサとしての自分もいるが、前世の記憶が蘇ってきたおかげで、性格も見た目もかなり客観的に見ることができてしまう。

——これは、酷い。

ゲームのテレサはべたべたの悪役令嬢なキャラデザだったので、髪の毛はぐるんぐるんの縦ロールで、つり目を目立たせるような化粧をしていた。

現実もそれだ。

恐ろしい……

何故こんな悪そうな見た目をわざわざしているのか。

今まで何故気にならなかったのか。信じられないが、テレサは確かにこれが似合っていると思っていた。

……似合ってはいるけど、確実にモテないよ……テレサ……

「生まれつき悪そうな顔だけど、それ以前にこれはないわ。愛されキャラとまではいかなくても、悪役にはならないようにしなきゃ……」

私は以前のセンスを投げ捨てた。

今は一年生の春休み。休みが明けて二年生に上がるまでにイメージチェンジをしなければ。

そして、とにかく主人公たちとは関わらずに生きよう。波風を立てずに過ごし、悪役令嬢認定されないように気をつけて生きる。万が一、主人公と同じ人を好きになってしまったら破滅ルートまっしぐらだ。できるだけ攻略対象者とは距離を取って過ごすのだ。

悪役令嬢にはなりたくない。

目立たない、地味で優しそうな女子を目指すのだ。

そして、格好良くなくてもいい。王子様なんかじゃなくていい。優しい男性をつかまえるのだ。

私は強く決意した。

「ううう。無駄に夜更かしをしてしまった……」

昨夜は前世についてなるべく多くの情報を思い出し、整理しようと試みた。

すっかり前世を思い出したつもりだったのだが、記憶は思った以上に曖昧だった。詳しく思い出せるところと、そうでないところがある。

前世で自分は多分アラサーで、よくいる事務系会社員だった。

でも、思い出せるのはそのくらいで、死ぬ直前のことなどはさっぱりわからず、家族や友人のこともどこか遠くに感じた。

それならば、とゲームの内容を思い出そうとしたが、そちらもかなりぼんやりしていることがわかった。攻略キャラや場面場面のイベントやスチルは思い出せるが、重要なストーリーの流れが思い出せないのだ。特にはっきり思い出せないのはストーリーの軸になるような部分ばかりで、こんな穴あきの記憶では、これから起こることに対してあまり役に立たない気がする。

あんなに好きだったゲームで、当然全ルートを攻略したはずなのに、何故思い出せないのだろう。だけど意外なことに、そのことにすごくショックを受けているわけではない。乙女ゲームに対する情熱も、どこかとても遠くにあるように感じられる。

テレサとしての人生が長すぎて、前世のこと自体を忘れかかっているのかもしれない。それでも、前世で身についていた日本人としての自分の常識や自我はまだあるように思う。

整理するには、一晩ではまだまだ時間が足りなかった。

今もまだ、前世の記憶と今世の記憶が混ざってふわふわしている。どこまでが今世の記憶で、どこからが前世の記憶なのか、区別がつきにくくなっていた。

育ちも環境も考え方も違う二人の自分がいて、今考えていることがどちらの常識に基づいているのか、まったくまとまらない。

あくびを噛み殺しながら、それでも習慣のままにメイドに着替えさせてもらい、食堂に向かう。

そしていつもの朝食を食べながら、今までの違和感の正体はこれだったんだと思う。

日本の朝ごはん、食べたいなあ。

並ぶ食事は美味しいけれど洋風だ。和食を好んでいた前世の記憶が、違和感になっていたんだな。

「お嬢様。今日は楽しみにしていた魔法の授業ですよ」

元気がなさそうに見えたのか、メイドが気遣うように話しかけてくれる。

「ありがとう。楽しみだわ。朝食もとても美味しかったわ」

心配させないようににこりと笑った私に、メイドがびっくりした顔をする。

……確かに、昨日までわがまま放題だった人間から急に笑いかけられたらびっくりするよね。

反抗期が終わったとでも思ってほしい。今の私は新生テレサだ。

そして、今日は春休みだというのに魔法の特別授業があるという。しまった。まったく覚えていなくて何の準備もしていない。ちゃんと聞いていなかったのか、前世を思い出したショックで忘れていたのかわからないが、いったい何を学ぶのか。

先生はもう到着しているらしい。私は言われるがままに、慌てて裏庭の一角にあるガゼボに向かった。

「遅れて申し訳ありません」

ガゼボの下で優雅に座っていた人物に声をかける。彼は私に気がつき、ゆっくりと近づいてきた。

――まさか。

それは良く知った顔だった。

……ただし、ゲームで。

「あなたがテレサ様ですね。魔法に興味があると聞いていましたが、そうでもないようですね。まさか、あんなに熱心に頼まれた授業の約束を忘れられてしまうとは思いませんでした」

一切の感情を排した、冷え切った声。

それはそれは綺麗な顔で、笑顔もなくこちらを見ている彼にぞっとする。

ゲームそのままの整った顔だ。

私はばくばくとする心臓を必死に抑え、昨日必死に思い出したゲームの情報を反芻する。

クロエラ・ナヴァル。

目の前に存在するのが不思議なぐらいの美しい男は、攻略対象者の一人だ。

攻略対象者は同じ学園の中に五人いて、クロエラは隠しルートのキャラクターだ。クラスメイトではなく、特別講師という立ち位置で登場していた。

その冷徹な性格と、冷たく整った顔、黒髪に黒の瞳が印象的だった。

他のルートでは主人公にも冷たい態度を見せる場面が多いが、とても人気があり、攻略キャラだと知った時は私も大喜びだった。

何故クロエラがうちに？　慌ててまだ混乱中の記憶を探る。

……そうだった。春休み中に、予習も兼ねてクロエラから魔法を習うことになっていたんだった。

私が——テレサがどうしても呼びたいってわがまま言ったんだった……

クロエラの講義は新学期からスタートなので、この先取りはかなりずるい感じもする。

普通だったらこんな高位の魔法使いを家に呼びつけることなんてできないが、お父様が娘可愛さにごり押しして成立したと聞いた。

クロエラルートなのかなこれ……

改めてじっくりとクロエラの顔を見る。

現実にいるんだな、こんなイケメンが。

それだけでもびっくりする。

クロエラの攻略ルートでは最後、彼が魔物を倒し、主人公とハッピーエンドを迎える。しかし、クロエラルートのテレサが最終的にどういう結末を迎えたかは思い出せない。

処刑コースだったらどうしよう。

怖すぎる。

震えそうになる身体を押さえつけ、ない頭で必死に考える。

攻略相手とはできるだけ関わらないようにしたい。

特別授業は多分今回だけだろうから、何の印象もなく終わらせたい。

当たり障りなく、恋心なんて一つもないとアピールしよう。

魔法が大好きで、高位魔法師に教えてもらいたかっただけ。そうだ、そうしよう。

「遅くなり大変申し訳ありません。もちろん忘れていませんでした。言い訳になりますが、楽しみすぎて支度に時間がかかってしまいました。今日は時間を作っていただきありがとうございます。よろしくお願いいたしますわ、クロエラ様」

「謝罪は受け入れましょう。あなたには想像もできないかもしれませんが、師団長という仕事はとても忙しいのです。私の時間はとても貴重です。それを忘れないでいただきたい」

「もちろん存じております。父が無理を言ってしまいました。こんな機会をいただけて、とても感謝しております」

私はクロエラの顔をしっかりと見て、微笑んで挨拶をする。冷ややかな態度を崩さないクロエラの圧に負けてはいけないと、まっすぐに彼のことを見た。

テレサとして生きてきた十五年間のおかげで、マナーはきちんと身についている。少し遅刻してしまったものの、印象はそこまで悪くないはずだ。

今日からデビューの優しげメイクも、間に合って良かった。

そうっと彼の様子をうかがうと、値踏みするような目でこちらを見ている。

そうだ。

クロエラはその魔力の強さ、技術の高さ故に、周りへの評価が厳しいという設定だった。

そして、他人に容易に心を許すことはなく、相手が自分にとってどういう価値のある人物なのかが重要で、その人自体には興味があまりないという感じだった。

その性格から、周りからは冷徹な師団長と恐れられていた。

わー。それってリアルにいると、容姿も相まってただの嫌な奴じゃない？

主人公にだけは時折優しい顔を見せていたけれど、もちろん私に対しては厳しい雰囲気を出している。権力を笠に呼びつけられて怒っているのかもしれない。

私が余計なことを考えていることに気がついたのか、クロエラは眉を顰める。

まずい。

私は慌てて微笑んだ顔を作った。

「テレサ様は今学園にて魔法を学んでいますね。基礎的なことはすでに学んでいるはずですが、更に進んだ学びを得たいということでしょうか」

「そうなんです！　私、今日をとても楽しみにしていたんです！　高位の魔法師の方に直々に教えていただける機会なんてそうないですもの。魔法って楽しいですわ」

疑われないよう、ことさら喜んで見せる。

クロエラも私の言葉に頷いている。

良かった。

「私に直接教わりたいということでしたが、テレサ様はどの程度魔法が得意なのでしょうか。私を呼んでまで聞きたいこととは、いったいどんなことなのか興味がありますね」

……良くなかった。大変に言葉に棘がある。確かに呼びつけてまで何を聞くのかと聞かれれば、困ってしまう。

テレサはクロエラと会ってみたいとお父様に頼んだだけで、あとのことは何にも考えていなかったようだ。

記憶からは、クロエラの魔法が見てみたい、くらいしか出てこない。

そもそもテレサはあまり賢くもなく、魔法の才能もなく……

これは怒られるのではないだろうか。呼びつけておいて、特に何もないのはまずい。

ゲームの知識で何か使えそうなものは……？

そこまで考えて気がつく。

「黒の魔法……」

そういえば、追い詰められたテレサが黒の魔法を使い、学園でその力が暴走して、校舎が崩落し生徒に結構な死人が出るバッドエンドがあった。

あれは誰のルートだったかな。

『光のお城の魔法使い』は魔法バトル要素もあるゲームで、戦闘シーンでは、火の魔法、水の魔法など、それぞれのキャラクターが持つ魔法の適性によって、同じ呪文を唱えても与えるダメージに相当差が出ていた。

主人公は光の魔法の適性がマックスだったな……さすが主人公。

テレサは光の魔法に憧れていたけど、思い出せる限りのゲームの流れではほとんど期待できない感じだった。

諦めずにずっとチャレンジしていたのは偉いけど、見限れば良かったのにテレサ……

そして、暴走とはいえあそこまでの威力が出るのなら、テレサには黒の魔法に対しての適性があるのかもしれない。

どのルートになっても、生き残るためには力があるに越したことはないはずだ。

「黒の魔法を使ってみたいです。適性があるかどうかも見てほしいです」

可能性が高そうなこれにしよう！

期待を胸にクロエラを見ると、彼は変な顔をしていた。

「黒の魔法ですか……」

「何かまずいことがありましたか？」

「いえ、あなたの父上には光の魔法の話をされていたのもあり……ちょっとイメージが違ったもので」

目を細めて、本当に綺麗に笑う人だ。

嘘っぽいけど。

絶対に面倒だと思っているに違いない。

もう嫌な奴にしか見えなくなってしまった。

美形の無駄遣いだ。

しかし魔法師としては最高峰の人物なのは間違いない。

あまり深く関わらず、うまいこと技術だけいただくのだ。

「黒の魔法はあまり使える人がいないとのことで、学園でもほとんどやらないのです。授業では先生に適性がないために座学だけで、実際に見せていただくことはできませんでした。良くわからなかったので、一度、適性があるクロエラ様の魔法を見せていただけませんか？」

おずおずと、気弱な少女を演出して頼む。

対外的にもこんなお願いを断れる人はいない。

これを断るやつは人でなしだ。

前世のアラサーの度胸と図太さがプラスされて、気分はすっかり世渡り上手だ。

思惑通り、クロエラはわかりましたと微笑んで……

あれ？　笑ってないな。

笑っていないどころか無表情だ。

「何故私に黒の魔法の適性があると思いましたか？」

曖昧な答えは許さないというように、まっすぐこちらを見て問われる。

整った顔が無表情だと圧力がすごい。

何故って、主人公を助ける時頻繁に黒の魔法を使っていて、その飛び抜けた適性と技術でばりばり敵を倒していたよね？

首をかしげる。

「クロエラ様は黒の魔法の使い手ではありませんか。メメットの威力もすごいですが、闇の波動なんてチートかと思うレベルで……」

そこまで言って気がつく。

闇の波動なんて、どーんとその一帯に精神ダメージを与えるものだ。

現実で見る機会なんてあるはずもない。ゲームの話だ。

もしかしてこれ、言っちゃ駄目なやつだったんじゃない？

「なるほど。メメットに闇の波動」

クロエラは頷いているが、注意深くこちらを観察しているのがわかる。納得したふりをしつつ疑っているに違いない。どうしてこんなぺらぺらと話してしまったのだろう。急に自分の事を詳しく話してくる女は怪しすぎるだろう。

まずい。まずすぎる。

「……という話をお父様から聞きましたの！　一度見てみたいと思っていましたのよ」

ふふふっと笑ってみせる。

すると、クロエラは少し考えるそぶりを見せて、口を開く。

「あなたは学園の成績は優秀でしたか？」

「？　いえ、そんなには……。な、なんでしょうか……」

ずいっと顔を近づけてくる。目の前にあの黒曜石のような目があり、不覚にもドキドキしてしまう。

なんとここまで近づいても、肌もつるつるだ。

毛穴はどこにあるの。

驚きで現実逃避しそうになる。

「あなたは授業を何も聞いてなかったようですね。ここで補習をしてあげましょう」

目を細めるとすっと身体を引き、感情の見えない笑顔になる。

「あ……あれ……？」

私なんかした？　これ怒ってるのかな？

「黒の魔法は深淵の力を使う魔法です。その中には精神感応というものがある。これは他人の精神を侵す魔法のことだ。それは知っていますか？」

「ええええっと、知っています……」

「他人の精神を侵すということは、好きに操ることも可能ということでもある。そのような能力を持つ人は、周りからどう見られると思いますか？」

「ええと……そうですね、警戒されると思います」

「その通りです。良くわかりましたね」

そこまで言って、胡散臭い優しげな顔でにっこりと笑う。

「それに、適性の有無で程度の違いはありますが、黒の魔法を使うと術者の精神に負担がかかります。なので黒の魔法は、そもそも敬遠して使わない人が多い魔法でした」

「そ、そうなんですね……」

「今では、黒の魔法の詳細は機密事項となっています。使うこと自体は禁忌ではありませんが、戦争もない今、無用な誤解を避けるため、黒の魔法を使おうと思う者はほぼいません。使い手は国に申請が必要ですし、精神感応などをむやみに使った場合は重い刑罰を科せられることとなっています」

「えええええ!!」

そんな設定ゲームになかった！

クロエラがばんばん黒の魔法を使っている時も、主人公も「まあすごいわ」ぐらいの感じだったよ！

機密事項の黒の魔法を使いましたね、的な反応はなかったはずだ。

いや、思い出せていない部分にあったのか？

それとも敵と戦っている時だからそれどころじゃなかったのか？

ふたりの世界にそんな無粋な単語は必要なかったのか？

疑問がぐるぐると回る。

必死に授業のことを思い出そうとしても何も蘇ってこない。

これはまったく聞いてなかったな……

いや、黒の魔法に関しては教師が自分には使えないと言っていた。それを聞いて教師なのに使えない魔法があるなんて、と馬鹿にした気持ちになった覚えはある。

授業自体は聞いてもいないのに上からだ、さすが悪役令嬢テレサ。

このピンチをどうやって切り抜けよう。勉強不足がこんな形で悪影響を及ぼすなんて。

「でもそうですね、精神感応は歴史上でも使える者などほとんどいません。使えたとしてもかなり反動が酷いので、戦争がなければ使うことはほぼありません。学園では、黒の魔法について知識として教えることになってはいますが、実技を教えたり、適性を調べたりはしないことになっているんですよ。中には適性を隠している者もいるとは思いますが、今ではそもそも使えるかどうかさえわからない人が多いはずです。機密事項ですから」

「……そうなんですね……ええとじゃあ勘違いだったみたいです。高位の方は皆使えるものなのだと思ってしまっていました。勉強不足で申し訳ありません」

これは馬鹿のふりをして乗り切ることにしよう。

実際テレサは授業も聞いていないレベルだったわけだし、前世の私も賢くなかったので嘘ではない。

「勉強不足に勘違い、ですか。黒の魔法が機密事項であることすら知らないとおっしゃるあなたの口から、すらすらと魔法の名前が出てきたのも勘違いなのでしょうか。たまたま言った魔法名がたまたま実在する魔法名と同じだったのでしょうか。すごい勘をしていますね」

わーすごいすごいと大げさに驚くクロエラに、殺意が湧く。

やっぱり性格悪すぎ！

仕事というより、私を追い詰めることを楽しんでいるようにしか見えない。

ゲームでは大人で知的なキャラだったのに、こんなイラつく面があったとは。

主人公に対して最初は冷たかったけれど、たまに見せる優しさがかっこ良かったのに……

通常時は甘いセリフなんかは期待できない冷徹キャラだけど、行動で示してくれて、ここだという時には優しいセリフで慰めてくれる……

ううう、私も好きだったのに。

リアルってつらい。

「そうだったんですね……不思議なこともあるものですね。私、未来予知でもあるのかしら？」

小首をかしげて見せる。

かなり強引でも、もう誤魔化すしかないだろう。

乙女ゲームの知識ですとは言えないし、私の頭ではいい言い訳も出てきそうにない。

「未来予知ですか……それはそれは。伝説の聖女様のようですねえ……」

「まあ！　私が聖女様のはずはないので、やっぱり先ほどのは偶然でしょう」

きっぱりと言い放つ。テレサは聖女どころか悪役令嬢だ。しかも細かい嫌がらせをする感じの。

「偶然ですか……」

クロエラは含みを持たせたような笑顔で呟く。

そんな顔されたところで、ゲームで見たんですよとは言えないし。

無理でもこのまま行くしかない。

「まったく知りませんでした。でしたら、黒の魔法について学ぶのはやめておきます」

もうその話題はおしまいですという気持ちを込めて、にっこりと笑いかける。

私の意思がはっきり伝わったはずなのに、クロエラはそれを無視して話を続ける。

「国の制限はかかっていますが、学ぶことは別に悪くないですよ。黒の魔法を学べる人間は限られますが、私にはその人選と、許可を下す権限があります。ただ――」

にやりと笑って私の顎に手をかける。美しい顔が近い。

「私も黒の魔法についてはは詳しくないのです。適性もわからないし、もちろん使ったこともない」

「えっ……」

「あなたの言う通りなら、私は黒の魔法の使い手らしいですね。……城に帰ったら使える者に師事してみましょう。披露はまた次の機会ですね」

「えええええ」

間近ですごく楽しそうにふふっと笑う顔はすごく綺麗で、見惚れてしまうほどだった。

綺麗な顔に惑わされそうになるけど……

彼は黒の魔法の使い手ではないと言った。ここはゲームの世界とは少し違うのだろうか？

「それでいいですか？　もし使えるようになったら、あなたにも教えてあげましょう」

顎に添えられていた手が、頬に上がってくる。

ゾワッとして思わず叫ぶ。

「やめてください！　顔が良いからって何でも許されるわけじゃないんですよ！　顔がいい分、嫌な奴度が加速してるんだから！　その顔だと何もかも迫力が段違いでずるいのよ！　私は悪役顔だけどただの地味な令嬢になるんだから、教えてもらわなくて結構です！」

手を払い、一気に畳みかけてしまった。

クロエラは肩で息をする私を見て瞬いた。

そして、ゲームでも見たことがないくらい大きな声で笑い出した。

「あはははは！　『顔がいい分、嫌な奴度が加速』とは！　そんなこと生まれて初めて言われました。あなたは本当に面白いですね」

その姿があまりにも年相応に楽しそうで、呆気に取られてしまう。

「な……何よそれ……」

「あなたにだいぶ興味が出てきました、テレサ様。驚いた顔も可愛いですね」

そう言ってにやっと笑うクロエラは、やっぱり嫌な奴だった。

でも、その日はそれ以上黒の魔法について追及してくることもなく、一般常識的な魔法の講義をしてくれた。とりあえず破滅への一歩を踏み出さずにすんだのではないだろうか。

もともとのテレサには、やっぱり魔法の知識はなさそうだった。

嬉々として私の知識不足をつついてきて、「バカな子ほど可愛いですね」などと甘いセリフに見せかけた嫌味を言ってくるクロエラに殺意を覚え、言い返すととても楽しそうに笑う。

無駄にいい顔で笑うクロエラは美しいが、私はどっと疲れた。

まあいい。クロエラと関わるのも今日で終わりだ。


そして翌日――

私はメイドから来客の知らせを聞いて愕然とした。

約束もないのにクロエラが現れたのだ。

授業は昨日で終わりのはず。それに、嫌味とはいえあんなに忙しいとアピールしてきた師団長が連日現れるものなのだろうか。

夢かと思いたいが、夢のようなイケメンは現実に目の前にいるようだ。

もしや、改めて黒の魔法の件で尋問でもされるのだろうか。怖すぎる。一晩寝たら昨日の私の失言をすべて忘れているなんてミラクルはないかな……

「今日もお会いできてとても嬉しいです。昨日は帰ってからもテレサ様のことで頭がいっぱいでしたよ」

戦々恐々とする私の前で満面の笑みを浮かべて、砂でも吐きそうなセリフとともに私の手を取りこちらを見つめているこの男。

ご機嫌と言っていいだろう。

反比例して私のご機嫌は下がっていくが。

何故だろう。

この笑顔を見ていると精神力が削られていく気がする。

イケメンを見て癒されていたあの頃の私はどこに行ってしまったのかしら。

二次元と三次元の違いなのかしら。

三次元とはいえ驚くぐらいのイケメンなのにおかしいな。

思わず遠い目をしてしまう。

「テレサ様に教えていただいた黒の魔法ですが、私はやはり適性があるようでした。教えてくれた方がびっくりしていましたよ。適性がある人間が使う黒の魔法というのは……本当ですね、すごい威力でした。あれは使いどころを間違えるとかなり危ないと思われます」

「そうでしたか。クロエラ様が黒の魔法の使い手だったとは、私もとても驚きましたわ。ところで黒の魔法については機密事項だったのでは？」

手を取られても、言質を取られるわけにはいかない。

にっこりと微笑み返し、昨日の発言を完全になかったことにしてしらばっくれる。

「大丈夫です。あなたが知っていることについては、私の心の中に秘めておきますから」

クロエラも笑みを崩さず平然と返してきて、更に言葉を続ける。

「さて、今日は約束通り、黒の魔法をお教えしに来ました。昨日もお伝えしましたが、私には黒の魔法を学ぶ許可を出す権限があります。テレサ様についてもすでに許可を下ろしていますので、問題ありませんよ」

「求めてません」

無駄に行動が早い。

有能さが、こういう方向のうざさになろうとは。

「テレサ様に私の才能を見抜いていただいて、私はとても感謝しているんですよ？　黒の魔法を使うことを考えてもいなかっただなんて、師団長として怠惰だったな、と感じています」

クロエラは胸に手を当て、わざとらしく悲しそうな顔をして俯いた。

「それは良かったですね。私は特に何もしていませんが」

「何故そのように言うのでしょう。私にはあなたがすべてを見通す女神のように見えるというのに」

にっこり笑いかけられても、嫌味だとわかってるんだこっちは。

うちに来てもらうのは一度だけと聞いていたのに、何故私の家にコレがいるんだ。

本当に頭を抱えたい気持ちになる。

忙しすぎて、一度来てもらうことすら夢のような幸運だと父から聞いた記憶がある。

実は暇なの？

逃げ切れると思っていただけに、すっかり油断していた。

春からは主人公が編入という形で入ってくるはずだ。学園さえ始まれば私のことなんて忘れるとは思うけど……

「クロエラ様にそのように言っていただき光栄ですわ。でも、本当に私は何もしていないし、魔法の才能もありませんので……」

そこで一度言葉を切り、悲しそうな顔を作る。

「クロエラ様のお時間をこれ以上取っていただくのも申し訳ないですわ。魔法についてとても浅学だったため、もっと基礎から学び直したいと思っております。学園でお会いした時は、どうぞよろしくお願いいたします」

頬に手を当て、帰ってくれよという気持ちを込めて黒い瞳を見つめる。

クロエラはうーんと小首をかしげる。図々しい。

「本音は？」

「まあ！　お時間を取っていただくのは申し訳ない気持ちです。本当ですわ」

早く帰れ。

私の気持ちが通じたのか、クロエラは残念そうな顔をする。

「こんなところで黒の魔法の披露をしなければいけないとは……。こういうことは、ちょっと私の本意ではなかったのですが」

脅しだ！　精神感応使うぞっていう脅しだ！

本当に嫌な奴だ。主人公にはあんな優しかったくせに。

「黒の魔法について学ぶのは危険そうですし、私は頭も良くないので、クロエラ様の授業を聞くまでのレベルに達していません。帰ってください」

失礼にならない程度に本音を挟んで言うと、クロエラは何故か満足そうに笑った。

「残念ながら確かに頭は良くなさそうですね。ただ、あなたと、あなたに黒の魔法を教えることには興味があります。今日から一緒に頑張りましょう」

「わー何にも話聞いてくれない」

全然話が通じないし帰ってくれそうもない。しかも今日からってなんだ。

忙しくて時間が全然ない師団長様って設定はどうした。

「会話が弾んで、喉が渇きましたね」

侯爵令嬢としては、暗に「お茶が飲みたい」と悪そうに笑う彼に、何も出さずに帰すわけにはいかない。

この策士め！

部屋の入り口で立ち話をしていた私たちを、メイドが心配そうに見ている。

自分から帰ってくれたら何にも問題なかったのに……

「そうですわね。私も喉が渇きましたわ。美味しい紅茶を用意させますので少々お待ちくださいね」

嫌な顔は隠せないままだが、令嬢としての義務感でおもてなしをすることになってしまった。

クロエラを庭が良く見える位置のテラスに案内し、向かい合って座る。

さすがお金持ちの我が家だ。

今はバラの季節のようで、見える景色もとても華やかだ。

広大な手入れが行き届いた庭にある優雅なテラスでお茶会だなんて、日本人には夢のようだ。

メイドが淹れてくれた紅茶は今日もとても美味しい。

でも私は日本茶派だったため、どうしても物足りない気持ちになる。

ペットボトルのお茶でもいいから飲みたい。

ここが乙女ゲームの世界なせいなのか、私の知っている紅茶はこの世界にも普及しているようだ。

毎日お茶の時間があるくらいだし。

でも、紅茶はあるのに他の種類のお茶が全然ない。

何故だ。

コーヒーの話題も出てこない。

この世界の貴族社会に存在しないだけで、この世界のどこかには存在するのだろうか。

そのうち日本茶もどこかの国から入ってきたりするかな……期待したい。

あ、日本茶と紅茶ってそもそも同じ木だったんだっけ？

そうしたら、権力を使ってお茶を研究させれば飲めたりするのかな。

でもいくら好きでも、さすがに作り方は知らないな。

残念だ。

転生して現代知識を生かすほど賢くなかったのが悔やまれる。

「とても美味しい紅茶ですね、テレサ様」

日本茶の妄想をしていた私を現実に戻す、優しげに響く良い声がする。

そこには私の持っているものと同じティーカップを持ち、優雅に微笑むクロエラがいた。

――あ、やっぱりいるよね。

夢じゃないもんね。

あーあ、良い声だなあ。歌もうまそうだなあ。

いや、この声ならうまいとか最早関係ないよね、そうだゲームでは歌も良かったな。

うまいだけじゃなくて、響く声がとってもときめくんだよね。

このクロエラも歌はうまいかな。

歌がうまくても、あのキャラソンを歌うところは想像できないな。

早く学園始まらないかな。クロエラが教壇に立つとか授業で見る分にはとっても楽しそうだな眼福だな。学生の時にイケメンの先生がいるとかどう考えても盛り上がるよね。

しかも学園には王子様もいるんだよね。本当の王子様なんてすごいし、しかもこちらもイケメンだなんてミラクルだよね。ミラクル学園生活。

「テレサ様？」

全然答えない私に、クロエラが不思議そうにしている。

……現実逃避をしてみても、どうにもならなそうだ。

諦めて、問いかけに応える。

「今日はどういったご用件で？」

「冷たいですね……黒の魔法の件だと言いましたよね？　早速一緒に学びましょう」

「いえ……黒の魔法は危険そうなので私はやめておく、と言った記憶があるのですが……」

「まあまあそう言わずに」

「いやいや、断ってますよね」

「便利だよ使おうよ楽しいよ私は案外優秀なんですよ」

「すごいグイグイ来ますね……。反動があるんですよね？」

「反動がないものもあるからそこからやってみましょう。とっても優秀な師団長がついていますよ。わー心強い」

「……クロエラ様ってこんなキャラでしたっけ？」

息継ぎをいつしているかと疑うほどに次々と軽口を叩くクロエラを不審な気持ちで見つめる。冷徹キャラはどこに行ったんだ。

「こんなキャラだったも何も、テレサ様とは前回が初対面だったと思うのですが」

面白そうに笑う。

失言だ。

「ええっと、聞こえてくる噂が、ですね……」

まあ、でもこれは嘘ではない。

お茶会でも話題になるし、学園でもよく話題になっていた。

私の濁した言い方に、クロエラは噂通りの冷たい顔に戻った。

口元には笑みが浮かんでいるが、まったく笑っていないのがわかる。

「冷たくて誰に対しても笑ったりしない、などの話ですか？」

「そうですね、そういう感じです」

相手にされなかった令嬢が恨みを込めて流している噂もあるので、もっとずっと酷いものもあるけれど。

「……ご令嬢とのお茶会では、楽しい話題など出てこないんですよ……」

ため息とともに拗ねるように響いたその声が意外で、私は目を瞬いた。

「お話は好きではありませんか？」

「いえ？　私ももちろん、微笑むぐらいはしていますよ」

「確かに笑ってはいますね。先ほどもですけど、楽しそうではないだけで」

「それは仕方がないと思いますけどね……。そもそもああいう場で楽しい話題なんてありますか？

魔法について誰か語ってくれますか？　魔法師団内で話が合う者とはもっと話をしたりしています

よ。何か問題のある発言をしてしまうくらいなら、黙っていたほうが何倍もましな世界ですし。自衛ですね」

意外と不器用なのかな、びっくりだ。魔法師団内でのオフのクロエラはゲームでは出てこなかったし。

「先ほどまではすごく楽しそうでしたけど」

「お前をからかうのは面白いからな」

「なっ……！」

急に砕けた口調と、にやっと笑うクロエラが格好良すぎてやられそうになる。

危なすぎるわ……イケメンめ！

「それも含めて、お前と話すのは楽しいと思っている。すごくいい時間だ」

笑いかけてくる顔は完璧だ。

悔しい。

わたわたしている私のことを完全に面白がっている。

「口調が崩れていますわ……」

格好いいと思ってしまうのが悔しくて言い返す。

「そうだな。もともと魔法師団は育ちがいい者の集まりではないから、こっちが素だ。どうせ誰もいないし、いいだろう？」

確かに魔法関連の話をするため、メイドには下がってもらっている。遠くに庭師がいるのが見えるが、会話が聞かれるようなことはないだろう。

それでも、師団長のクロエラは貴族扱いだったはずだ。平民の出とはいえ、マナーが悪いなどといった話は一度も聞いたことがない。

「いないですけど……なんで急に」

「テレサと呼んでもいいかな？」

私の問いかけを無視して勝手なことを言ってくる。

「駄目です」

「それは何故？」

「何度も言っていますが、顔が良くても駄目ですよ。嫌がらせはやめてください」

「嫌がらせだなんて……俺は悲しいよ」

「いやいや、そんな顔したって無理です図々しいこと言わないでくださいい顔だけで許されませんよ」

「なんで俺のことは顔推しだと思ってるの」

魔法も、師団長としても優秀だと言われてるはずなんだけど……とぶつぶつ言っているのは無視だ。

「顔がいいのだけがいいところじゃないですか」

「なかなかテレサも言うなあ」

「あ！　どさくさにまぎれて呼び捨てしないでください！　クロエラ様ファンのご令嬢に恨まれたら、私……！」

悪役令嬢に仕立て上げられて、処刑コースかもしれないのに！　怖すぎる。

ゲームではぜひお近づきになりたかったけど、リアルではご遠慮だ。

「恨まれたって関係ないだろう」

「関係ありますよ！　女子は大変なんですよものすごく！」

「面倒だな……」

「私はともかく穏便に過ごしたいんです。力は欲しいですが、学園に行って、平凡な男性をつかまえて、平凡な家庭を作るのが夢なんです」

きっぱりと私の目標を伝える。

「平凡な男性」

「そうです。クロエラ様のように目立つイケメンはできるだけ避けたいのです。笑いかけられるだけで恨まれる可能性があるだなんて、恐ろしすぎます。それに本人は嫌な奴です。クロエラ様には今後運命の出会いがあると思うので私のことはどうか放っておいてください」

「なんかいろいろ悪口挟んできたな」

「クロエラ様はともかく目立つイケメンです！　わーかっこいい！」

パチパチ拍手をして喜んでみせる。

「お前も相当猫被ってるよな……」

「クロエラ様ほどではありませんわ」

ふふふ、と笑うとクロエラも笑う。

なんだかこれでは普通に友達みたいだ。

クロエラは私をまっすぐに見つめ、楽しそうに笑う。

「運命の出会いがあるのは今後じゃなくて、今じゃないか？　お前が俺の顔を気に入っていること
はわかったし、この顔を最大限に使ってお前を落とそうと思う」

「えええええええ」

何この状況。やめてほしい。

これが処刑のフラグになったりしないよね？

何を間違ってしまったの。かなり塩対応だったと思うのに！

まさか……

「冷たくされると、萌える人だったの……！」

「おいやめろ」

違うみたいだ。

でも本当になんだか妙に砕けた雰囲気になってしまった。

このままではご令嬢に恨まれて本当に危ない。でもどうやら帰ってはもらえないので、黒の魔法
だけでも教えてもらおう。

何かあった時に切り札は一枚でも多くあったほうがいい。

というか、他に何にもない。家が侯爵なぐらい？

いや、貴族間でトラブルがあった場合は、家族であっても対応が厳しい。私が何か問題を起こし

てしまったら、いくらあの甘々の父親でも切り捨てられる可能性のほうが高い気がする。残念ながら、トラブルに対して貴族という立場はプラスになりそうもない……

クロエラはもしかしたら味方になってくれるかもしれないが、彼に近づくこと自体がリスクになる。

黒の魔法、何とか今日一日で覚えられたりしないかな……

とりあえず魔法を教わるために、お茶タイムは終了にして、裏庭のほうに移動することにした。

クロエラも今はこんな感じだけど、主人公との運命の出会いでさっと敵に回るかもしれないから、早めに覚えたいなあ。この頭じゃ無理かなあ。

「最初に聞きたいんだが、テレサには、どの魔法の適性があるんだ？」

痛いところをいきなり突いてきたなコイツ。

前回、一通り魔法の基礎講義を受け、クロエラの魔法の技術も見せてもらったので、相手の力量は痛いほどわかっている。

クロエラがレベル百だとしたら私は五だ。

見せるのが恥ずかしい……しかもこの男に……

悔しい気持ちになりつつも、相手はこの国の最高峰の魔法使いだ、張り合っても仕方ないと自分に言い聞かせる。

仕方ない。嫌だけれど仕方ない。

私は意を決してきっぱりと言った。

「今のところ、適性がありそうなものはありません」

「ありません？」

不思議そうな顔をされる。

それもそうだ。

魔法は平民でも使えるが、貴族のほうが有利だ。

基本的に身分が高い者ほど魔力も多く、適性があるとされていて、更にきちんとした魔法教育も受けている。

たくさん魔力があっても、きちんとした教育を受けていなければ大した魔法は使えないのだ。

その一方で、何故かクロエラのように飛び抜けた才能がある者は平民の出が多い。

この辺はゲームの不思議なのだろうか？　主人公も平民だし。

そういう背景もあり、適性がないという私の言葉が不思議だったようだ。

ないことはないのだ。

全体的に「適性がある」といえるほどの適性がないだけで。できなくはない。うまくないだけ。

テストで言えば六十点みたいなものだ。

……六十点は嘘だけど、赤点ではない、はず。それに、魔力は貴族の通常ぐらいあるから悪くない。ただ適性が低いだけだ。そこまで全部が酷いわけではない。

「そうです。これが得意と言えるようなものは今のところ見つかっていません」

「謙遜でそう言っているわけでは……ないな。テレサは休み明けから二年生だったよな。黒の魔法以外はもう習っているはずだよな……全属性か」

ちょっと気の毒そうな顔をしているのがつらい。

ここは冷徹な顔でいてくれ。

「そうですね」

「黒の魔法にかけてみようって感じなのか？」

いや……と言いかけたが、そこはそうしておいたほうが無難だろう。

自分も使えると思った根拠を聞かれたら困るし。

「そうですね……もしかしたら私の才能がすべて黒の魔法に偏ってしまったのではないかと疑っています」

「急に図々しい言い方したな」

「いえいえ。ちょっとした希望ですよ」

適性はあるのは間違いないはずだし。

単なるゲームからの想像だけど、もしかしたら黒の魔法だけはクロエラを上回っている可能性も！

クロエラが悔しがっている姿を想像してちょっとにやにやする。

こんな自信ありげなクロエラが、私の魔法にびっくりするのだ。

それは楽しい。

「とりあえずやってみようか」

「はい！」

やる気が出てきた私はいい返事をした。

「なんか急に元気だな……。まあいい。魔法には本人の適性ももちろんあるが、黒の魔法でもそれ以外でも、魔力の使い方の基本は変わらない。いわゆる基礎力だな。今日はそれぞれの属性の魔法を使ってもらって、技術的なところを見よう」

クロエラはさすが師団長だけあって、教えることに慣れていそうだ。

「わかりました……どの魔法を使えばいいですか？」

「簡単な光の魔法にしよう。ライティングだ。できるよな？」

軽い感じで言ってくるな……

魔法にはそれぞれレベルがあり、レベルの低い魔法は適性がない者でも使えるが、レベルが高い魔法は適性がないと使えない。

更に、魔法の構成力や魔力の使い方など、本人の技術力次第で出力が上がったり、適性がないものを無理に使うことができたりもする。

もともと持っている適性と、本人の努力と才能の掛け合わせという感じだろうか？

テレサは適性がどれも低い。そして努力もそんなにしていない。

魔力量は平均だけど、使いこなせなければあまり関係ない。

……………。まあ、レベルも低いものだし大丈夫だと思う。そう思う。

「できると思います。光の適性は低いですが、多分」

「このレベルの魔法が多分ってどんだけだよ」

クロエラが呆れたように言ってくる。気軽になった分だけ悪口も出てくるようだ。なんにしろ、こちらは初めての魔法なのだ。

テレサとして使った記憶はある。しかし、記憶が蘇ってからは初めての魔法だ。

なんだかドキドキする。

日本人に生まれて、魔法なんてゲームや本の中だけのものだったのだ。生活魔法と呼ばれるものを他人が使っているのは見たが、自分が使うとなるとまた別だ。

見るだけだと良くできた仮想世界みたいで、現実感がないというか。

私が見たことのある生活魔法は、料理の際の火おこしや室内の照明のオンオフなど、魔法というだけで現象としては珍しいものはなかったし。

私が緊張しているのを苦手意識のせいだと思ったようで、クロエラが解説をしてくれる。

「ライティングは生活魔法の一種だ。光の魔法の適性はほぼ関係ない。大丈夫だ」

「別に心配していません」

いやいや、いくら出来が悪かったとしてもライティングぐらいは大丈夫ですよ。

多分だけど。使ったことないだけで。

「お前がいくらしょぼい光を放ったところで、俺はお前のことが好きなままだよ」

にやりと笑うクロエラは完璧に馬鹿にした顔をしている。

なのに、妙にいたずらっぽく魅力的に見える。

「そんな心配をしたことは一切ありません。まったくもってありません。だいたいどういう立場の人のセリフなんですか」

「師匠としてだが……勘違いさせてしまったかな？」

「えっ……なっ……！　勘違いなんてしていません！　そもそも師匠でもないし！」

わーわー悔しい！　師匠って何なのよ。

雰囲気的にも先生じゃないか！　知的講師な顔をしているくせに！

むかついて関係ないことまで考えてしまう。

しかも若干誉め言葉だ。気をつけなければ。

馬鹿馬鹿しい会話で落ち着きを取り戻した私の頭を、クロエラが微笑んでぽんぽん叩く。

身長差が結構あるからか、気軽に顔とか頭を触ってくるのはやめてほしい。

意識してしまいそうになる。危険だ。

「とりあえず始めよう。ライティングなんかは適当にやっても問題はないが、力量を見るからな。きっちりと順番通りに行こう。まずは魔力を身体の中心に集めるんだ」

「はい」

魔力なんて感じたことはないが、なんとなくゲームとかのイメージで目を瞑ってみる。

ぼんやりしたものを真ん中に集める感じよね……

意識を集中すると、思った以上にはっきりと自分の中の魔力を感じることができた。

なんだか今までと感覚が違うような……？

「魔力を集めたら、次はイメージだ。周りを明るく照らす光の玉。魔法が具現化した時に作りたいもののイメージをはっきりと思い浮かべるんだ」

「わかりました」

イメージなら簡単だ。ＬＥＤ電球を想像することにした。

眩しそう。

「そのイメージに、集めた魔力を重ねる感じだ。これは人によってやり方というか感覚が多少違うようだが、俺はそういう風にやっている」

「重ねる感じ……」

ちょっとピンとこない。

頭に浮かべたものに対して、魔力をどんどん入れるような感じでいいのかな？

電球にどんどん魔力が入っていって、魔力で電気がつくような想像をしてみた。

うん。多分大丈夫そう。

「そして、呪文だ。『ライティング』」

クロエラが呪文を唱えた途端、空中にカッと明るい光の玉が生まれる。

私が見たことのある、使用人のライティングとは明るさがまったく違う。そして、しょぼしょぼする目を私に残してあっという間に消えた。

「こういう感じだな。テレサ、やってみよう」

私は頷いて呪文を唱える。

『ライティング！』

ぱちりと電源をつけるイメージとともに呪文を唱えた途端、集めていた魔力がふっと消えるのを感じた。

そしてクロエラの時と同じようにかなり眩しい光の玉が出現し、消えた。

わわわ。ちゃんとできてる！　明るい！　眩しい！

クロエラも目を瞬いている。

そして、首をひねる。

「む？　なんだか明るいな……。適性が高いものはないという話だったよな」

「何か問題でした？」

ライティングは一瞬で消えたし、消費魔力も大したことはないので身体への負担はまったくなかった。

でも、自分が唱えた魔法で、周りが明るくなったのはすごく楽しい！　不思議だ。

魔法はテンションが上がる。

適性が低いのは残念だが、それでも使うのはとても楽しいことがわかった。

将来魔法を使った仕事とか何かできないかな。

自分の将来に思いを馳せていると、クロエラに名を呼ばれる。

「テレサは光の魔法の適性は低いと言っていたな。具体的にはいくつだ？」

「そうですね。記憶では十段階中の四くらいでした」

十のうち四だったら高そうな気がするが、貴族は通常、どんなに低くても四を下回ることはない。

最低ラインが四なのだ。つまり最低なのだ。

「四か……」

四ですけど？

ちなみに一番適性がありそうな水の魔法が七。これも高そうに感じるが、魔法師として通用するのがぎりぎり九からと言われている。

もちろん資質だけではなく努力も必要だ。

そして、九と十には大きな差がある。

十は十以上で一括りなので、もうその人が十なのか十五なのかわからない。

十ある属性が一つあれば、魔法師としてなんとか使い物になるという感じらしい。

なかなか厳しい世界だ魔法師。

テレサにはその予定はないから、低くても問題ない。何か危険なイベントが発生した時に逃げ切れればいいだけだ。断罪イベントとか。死亡イベントとか。

手段として強い魔法があるに越したことはないが。あと、単純に強い魔法が使えるのは楽しそうだ。

「何が言いたいのでしょうか」

嫌味だったら聞かないぞという強い気持ちを込めてクロエラを睨んだが、クロエラはただ不思議そうな顔をしていた。

「なんか、明るい気がするんだよな……」

「それはもちろん、ライティングは明るいでしょう」

それに、クロエラのものよりは暗かったはずだ。

「いや……光の適性が低い者のライティングは、もっと暗かった気がするんだ。あ！　でも四ほど適性がない者が周りにいないから、四に対してどれぐらい明るいか、とかはわからないのだが」

ぶつぶつと説明をしながら、慌てて訂正をしてくる。

この人、冷徹キャラじゃない場合は失言キャラなのかな……

「ライティングは、適性はほとんど関係ないはずでは？」

「そうだが、関係がないといっても多少は明るさに差は出る。でも使う魔力は少ないため、魔力量による出力の差は出にくい。貴族だったら関係ないといってもいいだろう」

「はい。そうですよね」

「だから、適性か技術のどちらか、または両方が光の強さに影響が出るということだ」

言いたいことがいまいちわからない。

「すみません、どういうことですか？」

「うーん、わかりにくかったかな、すまない。……そうだな、もう一つ魔法を使ってくれ」

「え？　はい、わかりました」

考え込むクロエラを疑問に思いながら、返事をする。

「もう一度光の魔法で、今度はホーリーライトだ」

「ホーリーライト、ですか……？」

使える気がしない。ホーリーライトは光の魔法の中でも難しい、中位の魔法だ。

適性が低いと使えないいんじゃないかな……

ゲームの中で主人公が使っていた時は、キラキラと光の粒が次々と落ちてきて、ちょっと神々しい感じだった。

ちなみにゲーム上では効果は多少回復効果がある程度の、恋人たちがいいムードになるスチル用魔法というような扱いだった。

「とりあえず、やってみてくれ」

「わかりました」

しぶしぶ準備をする。先ほどのように魔力を集め、主人公のあの場面を思い出す。

キラキラとした、あの光。

『ホーリーライト！』

言葉は魔法となり、しかし形になる前に霧散した。

「あああ……やっぱり……」

わかっていても、実際に目の当たりにすると悲しいものだ。

使える魔法が少ないっていうのは悲しいな。いろいろ使ってみたかった。

わざわざ使えないという現実を見せつけて悲しい気持ちにさせた張本人のクロエラを恨みがましい気持ちで見ると、やっぱり変な顔をしていた。

「テレサ、お前いったいどういうことだ？」

「どういうこと、とは？　……適性が低い、という話はしたと思うのですが……」

何か変な失敗があるということだろうか？

それとも、クロエラからすればこれぐらいはできて当然のことだったのだろうか。

「そうだな。確かに聞いた。中位のホーリーライトが具現化しないことからも明らかだ。もし、お前の技術的なものでできていないなら、具現化はするが威力は低くなる」

「そうですね、適性の高さで使える魔法が決まるんですものね。威力は魔力と本人次第」

今更何の話だろう？

「テレサは光の適性が低い。適性が低ければ影響を受け、通常であればライティングの光は暗くなる。四は見たことがないが。そこまではわかるな？」

「馬鹿にしてるんですか」

だいたいさっき話した内容じゃないか。あと、四を強調するのもやめてほしい。

「あー……してない。ちょっとびっくりしたんだ……許してくれ」

急にしゅんと謝ってくれた。

イケメンがそういう顔をすると、途端にこちらが悪くなる。

恐ろしい技だ。

「いえいえ、大丈夫です！　……それで、なんでしょう」

「適性の低さの割に明るいということは、魔力を扱う技術が優れているということだ」

「それは良かったです！　なんんだ」

出来が悪くてびっくりされたのかと思ったが、思ったよりは優秀でびっくりしたってことね！

嬉しい。

「俺がテレサより暗いと言ったのは、部下のライティングだ」

訝しげな顔で、そう告げられる。

クロエラの部下。つまりは宮廷魔法師団の誰かだろう。ということは……

「それはさすがに見間違い……じゃないですか？」

やっとわかった。

宮廷魔法師団の人よりも私が技術的に優れているって言いたいんだ。

だから、変な顔をしたんだ。

それはそうだよね。魔法の専門家だし。

素質があり、訓練された人より私のほうが優れているなんて、到底信じられないだろう。

そして私も信じられない。

テレサとしての記憶でも、適性が低いことを除いても、魔法の授業で技術面を特に褒められたことはなかった。

さすがに侯爵令嬢のクラスにはレベルの高い教師が来てくれてはいたが、令嬢としては及第点程度だったはずだ。

期待されていない分、自分でもほぼ努力していないし……

「いや……やはり勘違いではない。お前のライティングは俺より多少劣る程度だった。俺の光の魔法の適性は十だ。多少劣る程度のはずはない」

「ライティングだけ劇的に才能があるとか」

「劇的な才能ってなんだよ……。一つの魔法について練度が高い場合はあるが、テレサはライティングばかり練習していた、などということはないだろう？」

テレサは光の魔法に憧れてはいたが、そんな勤勉なタイプではなかった。

ゲーム内でも主人公に対抗して光の魔法を頑張っていたが、適性がないのに最初から大技にばかりチャレンジしていた。記憶の中でも、ライティングなんて地味な魔法だからと見向きもしていなかった。ライティングだけうまいなんてことはないはずだ。

「ありませんね」

「それは……そうだよなあ……」

クロエラも、聞いてはみたもののそれはないとわかっていたようで、すぐに引いてくれた。

「見間違いってことはないですか？」

「これでも魔法に関してはプロなんだぞ。この辺を見誤ってたら部下の管理もできない」

「なんだかできる人感を出してきましたね。でもそうですよね、師団長ですものね。あとは、うーん……たまたまですかね？」

「たまたまとかないだろ。でもこの問題はいったん保留だ。テレサの父上も魔法の才能があるとは言ってなかったんだよな」

「それって私に言っていい話でした？」

魔法の才能がないだなんて、それはそうだけどなんでそんな話したの。

恥ずかしいじゃないか。

「今日は黒の魔法の適性を見ようと思ったが、とりあえず駄目だな。魔力を扱う技術が優れていて、更にもし適性がある場合は、訓練もしていないお前が制御できるかわからない。危険すぎる」

ううう。残念だけど確かにその通りだ。制御ができない黒の魔法なんてバッドエンド一直線だ。

私にとってのバッドエンドだから、主人公はハッピーかもしれないが。

あの暴走シーンは怖かった。

黒の魔法だけじゃなくて、無謀な挑戦をすれば、他の属性でも魔法の種類によっては暴走もありえるんだよね……気をつけよう……

それとも適性がなければ暴走しようもないのかな。魔力量も通常の貴族程度だし。そのうちクロエラに聞いてみよう。

クロエラはしばらく考え込んでいる様子だったが、切り替えたのか、こちらに笑顔を向けてきた。

「更にあなたに興味が出てきたよ、テレサ様」

「やめてください。その興味は勘違いです。顔だけじゃ釣られませんよ。魔法を教えてほしい気持ちはありますが」

「それはさすがに傷つくなあ……」

クロエラと話すのは私にとっても楽しくはあるが、それは重要ではない。

フラグ回避しなければ本当に死ぬかもしれないのだ。釘を刺すのは大事だ。

イケメンよりも命大事に。

「でも、しばらくは教えるほどのまとまった時間が取れそうもない。ちょっと今後の進行については考えさせてくれ」

「やっぱりお忙しいですものね。私のことはどうか気にせずに」

「しっかり考える」

やっぱり私の意見は無視してクロエラは言った。


そして忙しいはずの師団長は、度々現れるようになった。

我が家の玄関ホールで胡散臭い甘い言葉を吐き、メイドたちに愛想を振りまき、私と会話だけして短い時間で帰っていく。

私が家にいる時間を何故知っているのか。

これでは顔が綺麗なだけのストーカーではないか。

私は怯えたが、我が家は何故か歓迎ムードで、誰も相談に乗ってくれそうもなかった。

そして今日は少し時間があると言って魔法を教えに来てくれたストーカー男は、目の前で優雅な仕草でお茶を飲んでいる。

クロエラが気楽に話したいというので、メイドは下がらせている。

と言っても、会話が聞こえないだけで見える位置にはいるのだが。

――あれ？

下がらせたはずのメイドが近づいてくる。

「どうしたのかしら」

メイドは私に一礼をして、そのあとクロエラに手紙を渡す。

「クロエラ様に緊急の招集が入っています。西の森にドラゴンが出たようです」

「ドラゴン!!」

「ドラゴンか……わかった。ありがとう、下がってくれ」

クロエラが手紙を受け取ると、メイドはさっと下がった。

ドラゴンの討伐はかなり危険なのでは？　急な現実感にすっと身体が冷える。

ゲームでのクロエラは元気そうだったから、何か大きな怪我とかはないとは思うけれど……

「テレサ。残念だが今日はここまでだ。……ドラゴンの討伐となると、どれぐらいかかるかわからない」

残念そうな顔で手を握ってくる。魔法を教えてもらえないのは私も残念だ。

それに……

「ドラゴン討伐は危険そうです……。どうぞお気をつけてください」

ううう。ドラゴンとか怖いよ……

檻の中にいてくれれば見てみたいけど、そんなはずないし。

やっぱりここは異世界なんだな……

改めて、感じてしまう。魔法は楽しいけど、同じぐらい危険だ。

攻略キャラだし嫌な奴だけど、やっぱり危ない目には遭ってほしくない。

そう思ってクロエラを見つめ、祈るように伝えると彼はさっと赤くなった。そして、慌てたように顔をそむける。

「あ……ああ。もちろんだ……」

「え……」

もしかして、照れてるの？

予想外の反応に、こちらも何故か照れてしまう。

そうして変な沈黙が流れたあと、クロエラが繋いだ手を更にぎゅっと握りなおした。

「しばらくは来られないかもしれないが、次回を楽しみにしている。会えるのを楽しみにしている……本当に」

真摯（しんし）な声で告げられて、慌ててしまう。

「わ、私もです、クロエラ様」

そう言うと、彼は顔を赤くしたまま嬉しそうににっこりと笑った。

そして、名残惜しそうに手を離し、何度も何度も振り返り彼は帰っていった。

私は何故か、しばらくその場を動けなかった。

クロエラが去ったあと、私は本を読み漁った。

魔法に関する本だ。お父様はその姿を見て大いに喜んでいた。お母様は相変わらず私に関心が持てないようだったが。

そして、私は自分の魔法の変化について、一つの結論に達した。

魔法の具現化の際には、自分の魔力を目的とする形に効率良く変えることが重要になってくる。

しかし、魔力は自分の体内にあるため、意識することが難しいらしい。

実際、前世の意識が戻るまでは感じることがなかった。

前世の身体には、きっと魔力がなかったんだと思う。

それで、初めて感じる魔力がはっきりわかったため、技術力が急に上がったんだ。

学園に戻って目立つわけにはいかない……。これは気をつけなければ。

そして、攻略対象であるクロエラにも、近づきすぎないように。

……クロエラに、会えるのを楽しみにしている、と言われて嬉しかった。咄嗟に出た「私も」という言葉は本心だった。いつの間にかクロエラと会えるのが嬉しかった。話すのが楽しくて、次いつ来るのかを楽しみにしている自分がいた。

ドラゴンは危険だ。ゲームにクロエラがいたのだから大きな怪我はないはずだけれど、心配だ。早く学園が始まって無事を確かめたい。彼の軽口が聞きたい。彼の温かい大きな手を思い出す。

でもきっと主人公が現れれば、私はクロエラとは関係なくなる。彼はきっと主人公に夢中になるだろう。ゲームでそうだったように。

私にも冷たい口調に戻るのだろうか。あの、冷徹な師団長の口調に。

それは、なんか、寂しいな……

悲しくなってしまう気持ちを押し殺す。

私は生き延びて、平凡な男性をつかまえるのだ。

そうだ。

クロエラとは近づかないのだ。


そんな決意をした三日後のお昼過ぎ。

我が家の入り口でにっこりと手を振るクロエラの姿を見つけた。メイドに呼ばれたわけではなかったので、本当に今来たばかりのようだ。

「え？　ドラゴンは？」

驚きで、令嬢らしい言葉遣いも、挨拶すらも抜けてしまう。

クロエラを迎え入れていた執事にじっと見られ、慌てて挨拶をする。

「ようこそいらっしゃいましたクロエラ様。……前回お会いした時はドラゴンの討伐と聞いていたので、しばらくお会いできないものだと思っていました」

ドラゴンって私のイメージするドラゴンと違って、ちょっと大きいトカゲみたいなものだったのだろうか。

そう思ってクロエラの様子を窺うが、やはり大きな怪我はなさそうだった。

「お会いしたくて急いで来たのですよ。お茶のお誘いに来ました。今日のご予定はいかがでしょうか、テレサ様」

クロエラはにっこりと笑い、手を差し出してきた。

周りはすでにクロエラの訪問にも慣れてきており、にこやかに見守られている気配がする。クロエラは我が家ではすっかり評判がいいのだ。

「お受けいたしますわ」

仕方なく、本当に仕方なく私はその手を取った。


お茶をするのは我が家だと思っていたら、外出のお誘いだった。

「私の知り合いの店で、甘いものも美味しいと評判なのです。テレサ様にも気に入っていただけるといいのですが」

クロエラの乗ってきた馬車に乗り、向かい合っていると不思議な気分だ。

口調が改まっているのは、御者がいるためだろう。

口調が綺麗だと、より作り物のようだ。

「甘いものは好きなので楽しみですわ。それよりもドラゴンの討伐は問題なかったのですか？」

座ってすぐに、私は気になっていることを聞いた。

クロエラはにこやかな笑みを浮かべたまま、問題ないと答えた。

「今回は私の師匠も同行したので、早めに討伐を終えることができたのですよ」

「その方は、もしかして元師団長の……」

さらりと出た名前に驚いてしまう。

「そう、クローエル師匠。引退後は研究の道に入られていたのですが、今回は来ていただけたので助かりました。ドラゴンの討伐となると、犠牲が出てもおかしくないので」

クローエル元師団長は、歴史上でも指折りの実力と誉れ高い魔法使いだ。

その人が来て助かったということは、やはり厳しい戦いだったのだろう。

「ということは、今回は犠牲となった方はいらっしゃらなかったのですね」

「幸運なことに。詳しくは甘いものでも取りながらにしましょう」

それを聞いてほっとする。命を懸けることがある仕事だとはいっても、何もないに越したことはない。クロエラも身近な人に何かあったら悔しいだろう。

すました顔で言うクロエラはゲームの中そのままだったが、綺麗な言葉遣いの距離感のあるクロエラに何か物足りなさを感じた。

しばらく馬車に揺られていると、目的のお店に着いたようだ。大通りから少し入った道にあるその店は流行っているようで、入り口に何人か待っている人が見えた。

クロエラは、馬車についていた護衛に店の外で待っているように伝え、私の手を引いた。

クロエラに手を引かれるまま、待っている人の間をすり抜けてお店の中に入る。

店内は日中なのに薄暗く、間接照明がついていて、ちょっと大人な雰囲気だった。

天井からはいろいろなガラスの飾りが下がっていて、異国っぽい雰囲気も出ている。

店内は満席だが、席がゆったりとしているので騒然とした感じはまったくしない。なんだかとても高級店っぽい。いかにもおしゃれな雰囲気にちょっと引いてしまう。

テレサだったら「まあまあなお店ね」なんて言いながら堂々としていられるのだろうが、記憶が蘇ってからは庶民的な感覚も戻ってきてしまっているようだ。

普段は貴族として暮らしているのに、ちょっぴり情けない。

「こんにちは。オーナーはいるかな？」

クロエラが余所行きの声で店員さんに声をかける。

話しかけられた店員さんは、一瞬きゃっという顔をしたが、それでも冷静な顔に戻り、呼びに行ってくれた。

「久しぶりだなクロエラ。店に来るのは珍しいじゃないか」

店員さんと一緒に現れたオーナーさんは、大柄でいかにも強そうな三十前後くらいの男の人だった。着ている服はこの辺では見かけないアジアの民族衣装のような派手な柄で、陽気そうな外見にとても良く似合っている。

「ナオも元気そうだな。個室を借りる。メニューはお任せだ」

クロエラは綺麗な表情を崩さないまま、端的に告げた。

「部屋は大丈夫だ、開いてるが……メニューはお任せって、女の子は好みがあるんだからちゃんと聞かないと駄目だろう。お嬢、好きなケーキはありますか？」

オーナーはクロエラに苦言を呈したあと、私のほうを向き、にっこりと人好きのする笑顔で聞いてきた。

「ええと……ケーキは全般好きです。特に生クリームは大好きです」

「おっけー。そうしたら部屋で待っていてくれ。うちは意外と人気があってね。どれも美味しいけれど、一押しのケーキを持っていくよ」

「ありがとうございます！」

私の好みを聞いて、オーナーはいそいそと去っていく。

その後ろ姿を見て、くすりとする。

なんだかとってもいい人そうだ。

「まさか、ああいうのが好みなのか？」

上から暗い声が落ちてきて、そちらを見るとどんよりとした顔をしたクロエラと目が合った。

「まさかってなんですか」

「こっちだ」

クロエラは質問には答えずに、するりと店内の奥のほうに入っていく。観葉植物と照明で目立たない位置に扉があり、そこを慣れた様子で開ける。私も慌ててついていった。

そこは、先ほどの店内と同じような雰囲気の個室だった。

テーブルは一つで、椅子ではなくソファになっている。照明がちょっと暗いのが密会っぽい雰囲気を放っている。

ソファに腰かけ、クロエラはため息をついた。

「せっかくのデートなのにナオが好みだとか、ついてなさすぎる」

「いやいや。いつ私が好みだって言いました？」

「なんかさっきキラキラした目で後ろ姿見てなかったか？」

「ケーキ好きなんだな、って微笑ましい気持ちで見てたんですよ」

急に砕けた雰囲気になった。

クロエラとはなんだかこういう空気になってしまうな。

「急に素のクロエラ様になりましたね」

私が突っ込みながらソファに座ると、クロエラは更にソファに沈みながら答える。

「ここは見かけによらず、密談ができるように魔法陣も組み込んであるし、気が楽なんだ」

そう言って目を閉じるクロエラはちょっと疲れているようだ。

私は立ち上がって、クロエラの顔を覗き込んだ。やっぱりちょっと顔色が悪いかもしれない。

「もしかして無理してません？　大丈夫ですか？」

気配を感じたのかクロエラがパッと目を開ける。近距離で目が合う。黒い瞳は吸い込まれるようで、宝石のようだ。

その目が驚いたように見開かれ、さっと距離を取られる。

「なんだ急に」

「ちょっとその態度は傷つくんですが……。顔色が悪いかな、と思いまして」

「いや、びっくりしただけだ。……体調は大丈夫だ。ちょっと寝てないだけで」

「寝てないんですか？」

その時、控えめなコンコンというノックの音が聞こえた。

クロエラが返事をし、私も慌てて向かいのソファに戻る。

「お待たせしました」

オーナーではなく先ほどの店員さんが入ってくる。

そして、紅茶とケーキの盛り合わせを私の前に、クロエラの前には紅茶とクッキーが数枚のった皿を置いた。

店員さんはクロエラと知り合いのようで、クロエラにはにこりと会釈した。そして、トレイを持って退出する間際、私にはちょっと見定めるような視線をよこしていった。

私はこっそり息をついた。

やっぱりどういう組み合わせかと思うよね。

「それで、さっきの続きですが、寝てないってどういうことですか？」

私が問うと、先ほどとは違いクロエラはすました顔をしている。

「今回は異例の早さで討伐が終了したから、割とすぐに王都に戻ってこられたんだ。戻ってきたらまだ明るかったから、お茶でもどうかなと誘いに来た」

「質問の答えになってませんよ」

「まあまあ。とりあえずケーキでも食べてくれ。ここのは美味しいって評判らしいから」

はぐらかされたが、ケーキは美味しそうなのでいただくことにする。

ドライフルーツが混ぜ込まれたパウンドケーキに、フルーツが綺麗に盛られたタルト。更に周りをソースとたっぷりの生クリームで彩った華やかなプレートだ。

それでもサイズは小さめなので、気軽に食べられる量だ。

とりあえず添えられた生クリームとパウンドケーキをひと口食べる。

「美味しい！」

生クリームは濃厚で、パウンドケーキのバターに負けない。そしてパウンドケーキ自体もバターの香りとドライフルーツのバランスが良く、更に少し混ぜられた洋酒の香りが鼻に抜ける。

ううう生クリームだけでもかなり美味しい。生クリームって意外とあたりはずれあるよね……

私が美味しさを噛みしめていると、クロエラがふっと笑う。

「見事に誤魔化されるものだな」

その言い草に、私はゆっくり味わっていたケーキを気づかれない程度に慌てて飲み込み、更に紅茶も飲む。これでも侯爵令嬢なのであくまでも優雅にだ。

「誤魔化されてあげたんです。でも本当に美味しいケーキですね。オーナーともお知り合いのようですし、よく利用されるんですか？」

「そうだな。ここのオーナーのナオは元魔法師で、同僚だったんだ。個室の魔法陣もナオが描いている。師団で使うこともあるし、個人的に何かあれば使うこともある」

「同僚の方だったんですね」

「ある程度格式があって流行っていれば出入りしても不自然ではないし、便利なんだ。他にも個室はあるが、魔法陣があるのはここだけだ。個室料金は取られるがな」

「このお店はだいぶお洒落ですし、個室料金高そうですね」

「お嬢様なのにそういうところ気になるんだな」

「……私がお金を持っているわけではないですから」

お金を個人的に持っていないのは間違いないが、名前さえ出せばなんだって買える状態ではある。それでも、どうにも記憶が戻ってからは庶民の感覚に寄ってしまっている。テレサだったら確かにまったく気にしないところだ。

断罪されないようにはしたいが、万が一の時のためにこの感覚は大事にしておこう。

私がふむふむと頷いていると、クロエラもクッキーを手に取り食べ始めた。

クッキーも美味しそうだ。サクサクといい音がしている。何味なんだろう。

「師団長というのは案外心を許せる人間が少なくてな。今回はちょっとぐらい息抜きをしないとやってられないな、という気持ちになったから、テレサを誘ったんだ」

ちょっと茶化した言い方が余計疲れを感じさせる。偉い人はなかなか弱音を見せられないというし、まったく損得関係がない私と喋りたい気分だったのかも。

「私としてはいいお店を知ることができて、美味しいケーキも食べられてラッキーでした。でも……護衛は部屋に入らなくて大丈夫だったのでしょうか」

「テレサの父上にも顔を売っておいたおかげで、こうして二人でお茶もできるようになった」

私のことを溺愛しているお父様が、未婚の男性と二人きりの状況に許可を出すのはなかなかな気がする。

それだけ師団長の肩書は重いのかもしれない。

「今回早い討伐だったのは、クロエラ様のお師匠様のお力だったのですか？」

「それもあるが、黒の魔法の功績もあるな。俺に黒の魔法を教えてくれたシロサール様という方にも、今回研究も兼ねて同行してもらったんだ。シロサール様の助言を受けて試した結果、補助魔法として黒の魔法を使うとかなり効率がいいことがわかった。ドラゴンほど賢くないと効かない可能性もあるとのことだったが……」

「反動は大丈夫だったのでしょうか？」

「主に俺が使ったんだが、反動はかなりあるな。シロサール様に事前に反動が少なそうなものを教えてもらったんだが、コントロールを間違えれば酷い目に遭いそうだ」

「具体的に反動ってどういう形で現れるんですか？」

ゲームには反動の話はなかった気がするので気になっていた。

「説明しにくいのだが、吐き気や精神的なダメージがあるという感じだ。これで軽いのだから、重い反動だと死んでしまうことがあるというのも納得だ」

魔法に長けたクロエラでさえそうだということは、かなり危険なようだ。私、習って大丈夫なのかな？

魔法にも興味が湧いてきたし、黒の魔法も覚えておいたほうがいいとは思っているのだけれど。

その不安が伝わったようで、クロエラは安心させるように笑う。

「教える時は反動が少ないものを選ぶし、無理はさせないから大丈夫だ。こう見えて、人に教えるのには慣れてるんだ」

「そうですね。ゆっくり教えてください。クロエラ先生」

「テレサに先生って呼ばれるとちょっと不思議だな」

「学園が始まったら、間違いなく先生ですよ。呼び間違えないようにしないと！」

親しげにしてしまったら、大変なことになってしまうに違いない。

「なんとかなるだろ」

「学園では冷徹キャラでいきますか？　それなら私としても安心ですが」

「なんだ冷徹キャラって。それに何が安心なんだよ」

「冷徹キャラだと誰も近寄れそうもないので、私も呼び間違えをするようなミスがなくなるかなあと」

ゲームの冷たい口調のクロエラとは、なかなか距離を詰められるとは思えない。あれを乗り越えて仲良くなるとか主人公はすごい。そのあたりのゲームの内容がわからないのが残念だ。どんなことがあったんだろう。

「でも個人授業もあるしなあ」

「なんですか個人授業って。失礼ですね、補習を受けるほどは落ちぶれてませんよ」

できないところばかりを見せてしまったが、勉強に関しては赤点は取っていない。

ぷんすかと怒る私に、クロエラはすっとぼけた様子で続ける。

「黒の魔法の勉強するだろ。さすがになかなか時間が取れないから、授業の日の放課後にやろう」

「それって私聞いてました？」

「初めて言ったな」

「何を当然のように言ってるんですか！　放課後の個人授業だなんて、ばれたら大変なことになりませんか？　女子からの妬みは大変です、本当に命懸かってますよ！」

「大げさだな。確かに俺の個人授業を受けたい奴はたくさんいると思うけど、今年は講師として結構な授業数を受け持つことにしたから大丈夫だろ」

「大丈夫なはずないです。個人授業って特別扱いの感じもしますし……絶対恨まれますよ！　何とかお休みの時にしてもらえませんか？」

黒の魔法を覚えて身の安全を確保するよりも、単純に人から恨まれないほうが大事に思える。

私の必死な願いが通じたのか通じてないのか、クロエラはクッキーを食べながら落ち着いた声で答える。

「残念だが、学校のない休日に教えるような時間が取れるか確約ができないんだ。なるべく周りにも気づかれないようにするから」

「えー……大丈夫かなあ」

私がまだ疑わしそうにしていると、可愛くお願いするみたいに首をかしげて覗き込んでくる。

「俺の息抜きも兼ねて頼むよ」

「……わかりました。連絡とかもばれないようにしてくださいね！」

イケメンはずるい！

「良かった！　……来たばかりで申し訳ないのだが、もう時間がないようだ。通信が無視できないぐらい来ている……」

心底残念そうに、クロエラが胸元をさする。

「通信って何ですか？　電話があるんですか？」

「でんわっていうのはなんだ？　通信は城の一部の者しか知らないから秘密にしておいてくれ」

「極秘事項じゃないですか！」

自分の失言は棚に上げてクロエラに怒ると、彼はしゅんとした顔をした。

「ここで急に帰ったら、感じ悪いだろ。説明くらいさせてくれ」

「まあ、それはそうですけど……」

クロエラも私もまだお菓子に半分も手をつけられていない。ちょっと残念な気がするけれど仕方がない。

「良かったら食べていってくれ。護衛騎士には話をしておくから。なんならナオを話し相手に呼んでもいい。……仲良くなりすぎなければ」

付け加えられる言葉に吹き出してしまう。

「大丈夫ですよ。珍しい機会なので、一人でゆっくりしていきますわ」

私はクロエラが行きやすいように、立ち上がって見送る準備をする。

クロエラは本当に急いでいたようで、ありがとうと言ってすぐ立ち上がる。

「見かけによらず優しいよなテレサ」

「見かけによらずってなんですか。……私、まだ悪そうな顔してますか？」

「どちらかと言えば悪そう」

クロエラの言葉にショックを受ける。

まだ悪役令嬢顔から抜け出せていなかっただなんて！

「次会う時には、地味で優しげな令嬢になっていますわ！」

私の言葉がおかしかったらしく、クロエラは声を上げて笑う。

「期待してる！　すごい気分転換になった。ありがとう。またすぐに」

クロエラは私の顔をじっと見て、私の手をぎゅっと握ったあと、名残惜しそうに離した。

そして、さっとドアから出ていく。


一人になった私は、握られた手を擦りながら席に戻った。

なんだか現実のクロエラはとても話しやすくて、一緒にいると楽しい。不思議だ。

「次会うのは、学園かな」

でも――学園には、春からは主人公がやってくる。二人が出会うのだ。

ゲームでのあの冷たい態度を思い出して、悲しくなってしまう。

急に美味しかったはずのケーキが、味気ないものに感じる。それでも、なんだか甘いものが欲しくなり口に運んでいく。

クロエラの残していったクッキーもかじる。

それはソルトクッキーだった。甘いもの苦手なのかな。

冷徹な師団長のイメージ通りで笑ってしまう。

そうだ。ここは、ゲームと同じ世界。

私は、攻略対象の五人を反芻（はんすう）する。

その一、ハリー・アステリア。

この国の王太子。いわゆる王子様だ。金色の肩までの髪に金色の瞳。

幼少の頃より人の上に立つ者としての教育を受けていて、あらゆる分野に秀でている。常に自分の立場を意識させられてきた。そのため、主人公のようにはっきりとものを言ってくれる相手に弱いようだ。

その二、カール・シシリア。

青い短髪にグレーの瞳。剣が得意で、ハリーの護衛騎士になるべく教育を受けている。学園では、友人兼護衛として奮闘。身体が大きく寡黙な性格で、怖がられることも多い。そんな自分に積極的に話しかけてくれる主人公を好ましく思っている。

その三、ニコル・ミスティア。

グレーの長髪に紫の瞳。ミステリアスなキャラだけど、トマスは心を許しているようだ。魔法使い一家に育ち、彼自身も魔法使いとして将来を嘱望されている。光の魔法の才能を持つ主人公に興味を持っている。

その四、トマス・デモン。

紫のツンツン髪に、赤い瞳。背が低く、可愛らしい容姿。平民の出だが、学問の才能が認められ入学した。同じ平民出身の主人公とは気が合う。

そして……その五、クロエラ・ナヴァル。

長めの黒い短髪に黒い瞳。宮廷魔法師団の師団長。学園へは講師として来ている。隠しキャラのため、すべてのルートを攻略したあとに攻略できる。冷徹キャラだが、主人公にはたまに優しさを見せる……

私の知るクロエラは、冷徹どころか、崩れた態度に言葉、冷徹さのかけらもない楽しそうな笑顔。全然ゲームのキャラクターとは違う。

それでも、確かに一番初めに見たクロエラはゲームの通りだった。

学園が始まり主人公が現れれば、私に向ける楽しげな表情は見られなくなるのかな。あの黒曜石のような瞳が細められるのは、とても綺麗だった。

いやいや、と私は首を振る。

学園は、もう来週から始まる。ここからは死と隣り合わせだ。

私はクロエラとの楽しい時間については、忘れることにした。

幕間　パーティーと冷徹な師団長

少なくとも、残り少ない春休み中はゲームのこともクロエラのことも忘れて、穏やかに過ごそうと思っていた。

だが、魔法師団がドラゴンを倒した褒章として祝賀パーティーが行われることになったと父から聞かされ、あっという間に決意が揺らいだ。

本来はこの手のパーティーは大人ばかりだが、独身のイケメン師団長が褒章を賜るとして独身女性も参加できることとなったようだ。さすが乙女ゲーム世界、恋愛第一で物事が進む。

結婚相手は貴族にとって大事だ。魔法師団自体も人気だし。

ただし、パーティーの規模としてはそれほど大きくはなく、論功行賞がメインで、食事も軽食程度のものだということだ。

父に出席の確認をされた私は、気乗りしないそぶりを見せつつもやはり了承してしまった。

クロエラと父はもともとあまり関係のある仕事ではないようで、主役と話をさせてやれるかどうかはわからないとの注意は受けたが、私にとっては願ったり叶ったりだ。

私は、お祝いの気持ちがあるから行くが、本人に挨拶はしないつもりだと言った。

同じ学園に通う子女もたくさんいるだろう。授業が始まる前からクロエラと親しいと思われたら大変だ。

父には個人的な授業がご令嬢たちに知られると良くないと話したら、納得してくれた。

パーティーは記憶が蘇ってから初めてだ。

クロエラが主役だし、言葉を交わすわけではないけれど、変な姿で参加するわけにはいかない。

あとで泣くまでからかわれそうだ。

そう思ってドレスを並べてもらったけれど……

「大惨事だわ」

ゲームでは見慣れた、悪役らしい原色系のドレスが揃っている。

わかってた。私の記憶でもこれ以外のドレスは持っていない。

普段着は少しずつ入れ替えているけれど、パーティードレスについてはノーマークだった。

私の以前のセンスについては知ってたはずなのに……！

「ステファンに以前作らせたこちらはどうですか？」

気に入っていたデザイナーに作らせたドレスを、メイドがニコニコと勧めてくる。

前世の記憶が蘇った私は、以前よりも雰囲気が柔らかいらしくメイドとの関係は良好だ。しかし、好みはまだ把握されていないようだ。

真っ赤な生地に、たっぷりのドレープ。同じ生地が使われた大きいバラのコサージュ。確かにいいドレスだ。真っ赤だけれど下品さはなく、沈んだ赤で生地の光沢も美しい。一目で上等なものだとわかる。

ただ、悪そうな顔と相まって、私が着ると非常に攻撃的な見た目になる。

私が戸惑っていると、メイドが不思議そうに首をかしげる。

「こちらは気に入りませんか？」

「そうね……。今はもう少し淡い色のほうが気分だなって思ったの」

私は柔らかい表現で自分の好みを伝える。しかし、当然ながらメイドは肩を落とした。

「申し訳ありません。今そういう色のドレスはご用意できていません。お次のパーティーまでにすぐにデザイナーを呼びますので、こちらにあるものから選んでいただけませんか？」

悲しそうなメイドの声に、慌ててしまう。

ここにあるものがすべてだとわかってたのに。無駄な心労をかけてしまった。

「そうね。大丈夫よ。今日はこちらから選ばせていただくわ。でも、やっぱり好みが変わってしまったようなの。新しいドレスのためのデザイナーは呼んでおいてね」

私がにっこり笑うと、メイドもホッとしたように笑顔になった。

「好みが変わってしまったかもしれませんが、こちらはとてもお似合いですよ！」

私は諦めて、メイドが勧める赤いドレスに袖を通した。


父と訪れた王城のパーティー会場には若い令嬢たちが集まっていて、とても華やかな雰囲気だった。

そのあとに行われたクロエラの叙勲を、私は父の隣で見ていた。

ドラゴンの討伐という功績は、周りの雰囲気を見るに、素晴らしいもののようだった。

やっぱりドラゴンはトカゲじゃなかった。

会場の視線を一身に受けたクロエラは、卒なく国王陛下から勲章を賜り、それを胸につけて綺麗に微笑んでいた。周りの女性たちが密やかに彼の噂をしているのが聞こえてくる。

魔法師団の正制服は、足までの茶色のローブに青い重厚なマントを羽織ったものだ。マントには複雑な模様が刺繍されており、それ自体が優れた魔導具であることがわかる。

その重々しい制服に負けないどころか、クロエラの存在感のほうが勝っている。

綺麗な立ち姿で感情の読めない顔で微笑む彼を、遠くに感じる。

いつもお茶をしている彼とは別人のような佇まいだ。

やっぱり魔法師団長ってすごいんだな。

それでも、祝福と討伐への感謝の気持ちを込めて私はクロエラを見つめた。

叙勲のあとのパーティーでは周りも砕けた雰囲気になり、クロエラはあっという間に女性と、娘を薦める父親たちに囲まれた。

私は父とケーキを食べながら、目立たないようにそれを遠くから眺めた。

クロエラに話しかけようとしているどの子も可愛い。きらびやかなドレスがとても良く似合っている。お金がかかっているのもあって、どの子も髪の毛も肌もぴかぴかだ。

もちろん私もそうであるはずだけれど。

「お父様、私もう少し甘いものをいただいてきますわ」

知り合いと話し始めた父に断り、私は食事が並ぶエリアに向かった。

軽食のみの軽いパーティではあるものの、王城主催だけあり、美味しそうな食べ物が並んでいる。

特に甘味は多く、フルーツがふんだんに使われたタルトにバターたっぷりの焼き菓子、クリームたっぷりのケーキと勢ぞろいだ。

私が目移りしていると、隣から声がかかった。

「お取りしましょうか？　お嬢様」

柔らかいその声からウェイターかと思って目をやると、そこには先ほどのクロエラと同じ制服を着た男の人が立っていた。

「あ、ありがとうございます」

私が慌ててお礼を言うと、彼はにっこりと笑った。

私と年が近そうに見えるが、魔法師団所属ということは年上だろう。

少しきつそうな顔をしていて、勝手に親近感を覚える。茶色の髪の毛がサラサラで、きつそうな顔と相まって、ちょっと長毛の猫っぽい。一緒にいたら悪役仲間に見えるかしら。

多分、頭の出来と才能は私とはまったく違うだろうけど。

「いえいえ。人ごみに疲れてしまいこっちに逃げてきたんですが、こちらは驚くほど人口密度が低いですね」

彼が言うように、パーティーの中心部には人が密集しているが、美味しい食べ物ゾーンには全然人がいない。

妙齢の女子は食べ物を食べている場合ではないのか。

不思議だ。

「主役のお一人ですものね。お疲れ様でした。討伐もありがとうございます」

「いえいえ。魔法師団としては当然です。今回は犠牲もなく、本当に良かったです」

彼は私にケーキを取って渡してくれた。

そこで、私は彼の名前を知らないことに気がついた。彼もそのことに気がついたようで、恭しく礼をとり名乗ってくれる。

「私は、フリュー・ドアルです。学園を卒業したばかりで、下っ端なんですよ」

「まあ。じゃあ年も近いですね。私はテレサ・ドルーと申します。学園の二年になるところです。クロエラ様には、講義で教わることになりそうです」

「そうだ。春からクロエラ先生になるんですもんね」

彼は自分の上司の姿を思い出したのか、ふと笑う。

「クロエラ様は、どんな方ですか？」

私は不自然にならないように気をつけながら、クロエラのことを聞いてみた。

「クロエラ様は……そうですね。私はまだそこまで長い付き合いがあるわけではないですが、自分にも人にも厳しく、隙がない方という印象です」

「魔法師団の中でもそのような感じですか？」

師団内ではもっと砕けてる、とクロエラに聞いた気がする。

「うーん。私は実際に一緒に働くようになって、イメージ通りだなという感じでした」

やはり師団内でもそのまま冷徹な師団長のようだ。私にとってはもうすっかりゲームのイメージからは離れてしまったけれど。

フリューと話をしているうちにケーキを食べ終わってしまった。

「フリュー様も、そろそろあちらに戻られたほうがいいのでは？　主役をこんなに引き留めてしまいました。とても楽しい時間でした」

私がすっかりお腹一杯になった、と仕草で示すと、フリューはぷっと吹き出した。

「そうですね。いい加減怒られそうだ。テレサ様とお話できてとても楽しかったです。ふふふ。私にはいい出会いでしたよ」

「ありがとうございます！　私は、今日は用があるのでもう帰ります。また機会があればお話ししましょう」

「ええ、ぜひ！　楽しみにしています」

フリューはさわやかに笑って、手を振り戻っていった。

いい人だった。また会ったらおしゃべりしたいな。見た目とは違ってすごい優しそうな人だったし。

「さて、そろそろ帰ろうかな」

クロエラの周りの人混みはまだまだ続きそうだけど、ばれる前に帰ろう。

クロエラの正制服姿は良かったな。ゲームで見たその姿を生で見られて良かった。

気づかれてはいないとはいえ、お祝いもできたし。

私は満足して、父のもとに向かった。

＊　＊　＊

次々と紹介される令嬢に、クロエラはため息をついた。

名誉な授与式なのに、これではまるで見合いだ。

師団長としての礼儀を欠かすことはしないが、それ以上関わるつもりはない。

「今度我が家に遊びに来ないか？　歓迎するよ」

そうにこやかに父親が言い、娘は照れたように父親の裾を掴む。とんだ茶番だ。

「いえ、魔法師団長の仕事はなかなか時間が取れませんので。春からは学園で講師の仕事も受けることになっています」

「そうだったね。娘も春から学園に通うのだ。その時にクロエラ様に個人的に授業をしていただくことはできないかな？　もちろん相応の謝礼はさせていただく」

断られるはずがないというように微笑む父親に、忌々しい気持ちになる。

この娘のために作る時間はまったくない。

今だって慈善事業のような気持ちでこの親子に応えているのだ。

個人授業は行うつもりだ。もちろんこの娘にではない。

褒章を賜っている時に見えた、赤いドレスを思い出す。

本人は気にしているようだが、あのつり目もとても可愛い。からかうとすぐに慌てたり失言したりするのが面白くて、ついやりすぎてしまう。会話のテンポが合うのか、彼女と話しているとあっという間に時間が過ぎてしまい不思議だ。忙しいのに、すぐに時間を作って会いたくなってしまう。

少し悪そうな見た目と、可愛い中身のギャップが楽しい。

そして、彼女にあの赤いドレスはとても似合っていた。そこだけ浮き上がって見えるようで、思わず笑みが零れそうになった。さすがに表面上は顔を作っていたが。

早くあの子と話したい。こんな茶番に付き合うのはもういいだろう。

その時、部下のフリューの姿が見えた。

「申し訳ありません。学園でも時間は取れそうもないですね。失礼」

さっと断り、これ以上捕まらないように足早に部下のほうに向かう。

「フリュー！　しばらく見なかったがどこに行っていたんだ？」

「ちょっと人ごみが厳しくなってしまって、甘いものを食べに」

「師団で褒章を賜ったんだ。そんなにすぐにいなくなるものではない」

「申し訳ありません」

クロエラが厳しい顔で注意すると、フリューはすぐにしゅんとした顔になった。

「甘いものと言ったか。あのあたりには他にも人はたくさんいたか？」

特に気のない感じで、フリューに尋ねる。

テレサは甘いものが好きだから、もしかしたらそちらのほうにいるかもしれない。

行って探してみよう。すっかり疲れているから癒されたい。

フリューはクロエラの言葉に、ぱっと笑顔になった。

「あ、先ほど軽食のところで、赤いドレスを着た女の子と会いました。テレサ様という方で、とても気さくでお話が弾んだんですよ。あんなに話しやすいご令嬢は珍しくてびっくりしちゃいました」

にこにこと先ほど自分がいたほうを見て笑って話すフリューは、ふと嫌な気配を感じクロエラのほうを見た。

「テレサ様だと?」

「え、ええ。テレサ・ドルー様だと言っていました。何かありましたか?」

普段見るよりも一段冷たいその顔に、フリューは戸惑い尋ねる。

「いや、彼女には私も用があるもので」

そう言って微笑むクロエラは、顔は笑っているのに不快が前面に出ている。

「……ええと、もう帰るって言ってました」

そちらに向かおうとしているクロエラに、フリューは意を決して事実を告げる。

「……そうか。わかった」

何もわかっていないそうな声で、クロエラが呟く。

まったく状況はわからないが、フリューは彼女の無事を祈った。

第二章　学園

今日から学園が始まる。

前世を思い出した私にとって、初めての学園。今日から二年生になる。

それは、この『光のお城の魔法使い』という乙女ゲームの世界において、主人公が学園に編入してくる年でもある。

ゲームの世界に似ているだけで、主人公が入学してこないという可能性もなくはない。

しかし、悪役令嬢の私テレサ・ドルーがいて、攻略対象者のクロエラ・ナヴァルもゲームと同じく今年から講師としてこの学園に来ることになっている。

他の攻略対象の四人も、一年生の時は前世を思い出していなかったのでしっかり覚えているわけではないが、全員がここに通っているのは間違いない。

つまり、ゲームの物語が進まないというのは、かなり低い確率と言わざるを得ない。

貴族のほぼ全員と、平民でも魔法・学問・剣術においてその才能を認められたものについては学園への入学が許されている。

この学園は、クラス替えは何故か二年の進級時の一回だけ。そのあとは卒業まで同じクラスだ。

主人公は、編入してからの二年間の間に攻略対象とらぶらぶになるというゲームだった。

クラス分けに関しては、二年以降は悪役令嬢も主人公も攻略対象の四人も皆同じクラスだ。

貴族は無試験で入学できるが、平民からの入学はとても厳しいといわれている。

そんな学園に、主人公は平民でありながら転入してきている。

つまりエリートだ。エリートはクラスを分けてくれ。

そもそも、魔法が使えないすごく賢い平民も、魔法の天才も、王子様も、落ちこぼれの悪役令嬢も同じクラスというのはいかがなものか。

もしくは、悪役令嬢の気質がなくなった私をゲームの本筋から外してくれ。

——私の願いは虚しく、当然のように叶えられることはなかった。

学園の門を入ってすぐにある掲示板に貼り付けられたクラス分けのリストを見て、私は絶望した。

私のクラスに、ゲームの攻略対象者四人と、見たことのない女性の名前がある。

やっぱりゲームの世界と同じだよね……

わかっていても、やっぱりショックは受けてしまうものらしい。

まあ私は嫌がらせ等には興味がないから、トラブルや恋愛には関わらず、スルーしていけるに違いない。

そうだそうだ。

タイプが違うにせよ、攻略対象は皆イケメンだ。

ともかく顔がいい人とは関わらず、大人しくしていよう。

クロエラとは黒の魔法の個人授業があるかもしれないが、それ以外では関わらない予定だし。

主人公との運命の出会いで、そもそもそれもなくなる可能性も高いに違いないし。

大丈夫、大丈夫。

自分に言い聞かせながら教室に向かう。緊張からか、心臓がどきどきしているのがわかる。

大丈夫、それにこの学園にも楽しいことがきっとたくさんある。

学園の制服は、セーラー服を基調としたドレスで、とても可愛い。

学園はやはり前世の学校に比べたら別世界だ。

お金のかかった装飾に、ドレスにスーツ。学園は前世の高校に相当するが、ともかく華やかだ。

それに、制服を着るだなんてとても久しぶりで、それも嬉しい。

もちろんテレサとしては着ているし、きちんとその時の記憶も残っているが、前世の意識が強いようで、やっぱり久しぶりという気持ちだ。

ドレスっぽい制服なんて、日本ではありえないもんね。

楽しまなくては、損だ。

気持ちを落ち着かせ、教室に入り皆に挨拶をしていく。

学園にはクラスが一学年に三クラスしかないため、ほとんどの生徒とは顔見知りだ。話したことはなくても、名前と顔ぐらいは知っている。

新しいクラスメイトたちは、皆にこやかに挨拶を返してくれた。それににっこりと笑顔を見せ、敵意のなさをアピールしていく。

新しいテレサ・ドルーですよ優しくて地味な悪役ではないただの令嬢ですよ。

「あら、テレサ様！　ずいぶん雰囲気が変わられましたのね。私びっくりしましたわ」

一人の令嬢が驚いた顔をして寄ってくる。

記憶が戻ってから変えたメイクは、以前よりかなり優しい印象を与えるはずだ。

私はそれにふふふっと笑って見せる。

「ローズ様、おはようございます。気がつきましたか？　ちょっとイメージチェンジしようかと思いまして」

ローズ・アルテマはテレサの悪役令嬢仲間だ。

ただし、一年の時の記憶ではそう悪い人ではない。ゲームの中では主人公の悪口を言っていたが。

一年の時も同じクラスで、親友と言っていい間柄だ。

令嬢としては率直にものを言うところがあり、とても話しやすい相手だった。

そもそも悪口を言うタイプでもないし、何故悪役令嬢をやっていたんだろうと不思議に思う。ゲーム登場前に何かあったのだろうか？

「あまりにも印象が違うので別人かと思ってしまいましたわ。でも、それも優しげで素敵ですね。私も真似させていただこうかしら？」

ローズも旧テレサと同様、いかにも悪役令嬢な見た目をしている。

少し肉付きの良い身体に、つり目になるようにアイラインを目立たせるような化粧。高めの位置で結ばれた黒髪は長くストレートで、見るものに圧迫感を与える。いい人なんだけど、悪そうだ。

思いついて、私は手を叩いた。

「そうだ！　一緒にお化粧を研究しませんか？　印象を変えてみたくて始めたのですが、私もまだ似合っているかわからない部分もあって。一緒にできると楽しそうですわ」

お互い悪役な見た目だけでも脱却するのはいいかもしれない。

私の提案に、ローズは嬉しそうにする。いい調子だ。

二人で盛り上がっていると、攻略対象の四人がまとめて入ってくる。去年はクラスも違ったから全然知らなかったけど、もともと仲良いんだな。

集団でいるなら、逆に避けるのは簡単そうだ。

私はほくそ笑む。

「あら、そういえばこのクラスのメンバーはずいぶん豪華ですわね」

ローズも四人を見ていたようで、そう呟く。

「確かに……四人並んでいると、すごいですわね」

タイプの違うイケメン四人だ。現実にこんなイケメンが揃うなんて信じられないレベルだ。それぞれ違う魅力があり、並んでいるとオーラがすごい。とっても近寄りにくい。

他の女子も、あからさまではないもののチラチラ王子その他を見ているのがわかる。

私は関わらないように、さっと目をそらした。危ない。

そうしてしばらくローズと雑談をしていると、教室に急に可愛い華やかな声が響いた。

「あっ。ハリー様！　わぁ、同じクラスだったんですね」

その声が親しげに呼んだ名前に、女子がばっとそちらを見る。私もつられてそっちを見てしまう。

そこには、肩までのくるくるしたピンク色の髪の毛に茶色い瞳の、とても目を引く可愛い女の子が嬉しそうな顔をして立っていた。

とても目立ちそうな子だけれど、知らない子だ。

ピンクの髪の毛だし、きっとこの子が主人公だろう。

さっき掲示板で見た名前は確か、マリエ・トリスカー。

ゲームでは顔が出てこないので初めて見るが、かなりの正統派の美少女だ。まつげが長く、好奇心旺盛そうな目元に、血色の良さそうな白い肌。

ゲームでもいかにも女の子という感じの可愛い話し方に、主人公らしい積極性のある性格だった。

ハリーのこと、王子様だって知らないのかな。

この女子の雰囲気で正面からハリーに話しかけるのは、なかなか図太いと感じてしまう。

それでも、攻略対象と並ぶマリエは、まったく見劣りしない整った華やかな顔立ちをしている。

それどころか、並んだことによって余計整っているのがわかる。

……確かゲームのオープニングでは、主人公が遅刻しそうになるところを、王子その他に助けてもらって……？

そこまでで私の記憶は途切れてしまう。

ゲームについては、学園が始まるまでにまた何度も頑張って思い出そうとした。けれどオープニングや攻略対象の情報、そして本当に部分部分のイベントが思い浮かぶだけで、ストーリーはほとんど思い出せなかった。

エンディングのらぶらぶシーンは思い出せるものの、肝心の処刑に繋がるトラブル等はいくら考

えても出てこなかった。

つまり、ほぼ何の対策も打てないままに、学園が始まってしまったのだ。

何が起こるかわからない。私は手を握り込んだ。

この様子だと、ゲームのオープニングと同じイベントが起きたのだろう。

可愛い子だけれど、できるだけ関わらないようにしたい。

そう考えている間にも、主人公と攻略相手たちは順調に交流を深めていっているようだ。周りの目が嫉妬に染まっている。

あああ……主人公気づいて！

その願いも虚しく、攻略対象とマリエはとても楽しそうにしている。笑い声も聞こえ、話が弾んでいるようだ。

盛り上がる声に、あからさまではないものの、どんどん女子の目が険しくなっていくのがわかる。

このままでは女子からの嫉妬がマリエに集中してしまう。マリエは平民だし、初日なので彼らの地位の高さや人気を理解していないのだろう。

「女子の目が厳しいですわ。……私ちょっと声かけてみます」

様子を窺っていた私にそう言い残して、隣にいたローズがサッと五人のほうへ行ってしまった。

ええええええ。

ドレスなのに素早すぎる。止める間もなかった。

今は周りの女子から見たら、見たことのない平民が急に王子様たちと仲良くしているという状況だ。

ローズはマリエを嫉妬の目から遠ざけたいと思い、積極的に会話に交ざろうとしているようだ。いい人だ。

ローズが交ざればマリエだけに意識は集中しないし、そこまで目立たなくなるだろう。

私も一緒に行ったほうがいいのか、それとも身の安全を優先して、スルーして関わらないようにしたほうがいいのか迷ってしまう。

ローズの友達としては一緒に間に入りたいし、人が多いほうが間違いなく良い。でもテレサとしてはあの五人に交ざるのは怖い。

なんとか頑張って穏便に収めてほしい。ローズはとてもいい人だ。

でも、見た目は悪役令嬢なんだ……

とりあえず顔をそむけつつ、ローズたちの会話を盗み聞きする。ちょっと遠いのでかなり聞き取りにくいが、意識を集中して頑張る。

内容はわからないが、なんだかあまりローズはうまく交ざれていないようだ。そして何故か険悪な雰囲気が伝わってくる。

さりげなく移動し、声がしっかり届く位置まで行く。

目立っている気もするが、他の人もローズたちを見ているので気にしていないだろう。

「まあ！　そうなんですね。平民からこの学園に急に転入とは、相当優秀ですのね。平民の方だといい教師も見つからないと聞きますし、勉強も大変だったでしょう？」

ローズが素直に褒める。

しかし、褒めたのに何故かマリエがムッとした顔をした。

「それは……。確かに、私はローズ様のような貴族出身ではありませんが……」

そして悲しそうな声でそう言い、俯いた。

それだけでローズが悪い雰囲気ができあがる。

ローズの口調はまったく悪意のないものだったのに。

「ローズ様、そんな言い方はないだろう」

その顔に反応して、ハリーがマリエを庇うように前に出た。ローズは戸惑った顔で反論する。

「え？　私はそんなつもりでは……」

しかしマリエはハリーの後ろに隠れたままだ。

これで完璧に悪役令嬢ローズと虐められる美少女の図ができてしまった。

きちんと話を聞いている人は違うとわかるとは思うが、それでもこの構図は良くない。見た目だけで誤解する人も出てきてしまうだろう。

仕方がない。私はぱっとローズのもとに向かい、集団に声をかけた。

悪印象を与えないように、できるだけ穏やかで冷静な声を意識する。

「あの、ローズ様にそのような意図はございませんわ。今のは本当に感心していましたのよ」

ローズの表情がパッと明るくなった。

助けを求めるように寄ってきて、私の腕に掴まった。なんだか可愛い。

急に悪者になってびっくりしたよね、かわいそうに。

「なんだと、こちらの受け取り方が悪かったというのか」

わー王子様って馬鹿なのかな。

私の言葉にあからさまにムッとするハリーにびっくりする。そして周りを見渡すと、攻略対象の四人も私のことを冷たい顔で見ている。

肝心のマリエは、更に怯えた様子で王子の陰に隠れている。

誰も私の意見に賛成している様子はない。

これはまずい。これでは悪役令嬢が一人増えただけだ……

出方がまずかったのか言葉のチョイスが良くなかったのかわからないが、ますます状況は悪くなっている気がする。

私は不安になりローズの手を握った。

「そうですわ！　ねえ、テレサ様。私は世間話の一環として……。そもそも、マリエ様が親しげにハリー様と話していたから私は……！」

私という味方を得て心強くなったのか、ローズが反論した。

「私みたいな平民が、ハリー様と話すな、ということですね……」

だが、マリエがローズの話を遮るように呟いた。

ローズはマリエを助けたかったと言おうとしたのに、これでは嫉妬で言ってしまったように誤解されてしまう。

「いや、そんなことはない。私はマリエ様と話したいと思っているぞ」

ハリーがマリエの目を見て、優しげに伝える。マリエはその言葉に一瞬嬉しげにしたあと、やはり悲しそうな顔に戻った。

「ありがとうございますハリー様。でも、ローズ様が……」

マリエはそう言い目を伏せたあと、意味ありげに私のことを見つめた。

「いえ、ローズ様だけではないのかもしれません……」

それに反応したハリーが私のほうを見る。

「テレサ様！　まさか君がローズ様に言わせたのか！」

すごい。サッと私に悪意が移った。

予想外の出来事にわたわたしてしまう。

こんなにすぐに疑われるのは私が悪役令嬢だからなの？

せっかく優しげメイクに変えたのに！

「いえ、決してそのような事実はありません。ええと、そもそもローズ様もそういう意図でもないですし……そうですよねローズ様」

「ええ、ええそうです。テレサ様の言う通りですわ。私たちにマリエ様を貶(おとし)めるような意図はございません」

ローズも私のことを気遣わしげに見て、わたわたしている。

そりゃ慌てるよね。急に仲間が虐めの首謀者みたいな扱いされたら。

二人してどうしようという顔になっているだけで、まったくうまい返しが出てこない。私とローズのセリフも王子様の心にはまったく響いていないようだ。

このままでは虐めの事実だけができあがってしまう。周りの視線が痛い。

「すみませんハリー様……。ハリー様はテレサ様のような方と一緒にいるのが相応しいですよね。気安く声をかけてしまい申し訳ありません」

しゅんとした顔をするマリエに、もうこれは間違いなく虐めだという雰囲気が漂う。

攻略対象者たちは怒っている。そして周りも美少女への虐めに同情の顔を浮かべ始めている。

「テレサ様、私は君よりもずっとマリエ様のほうを好ましく思っている。まさか、私に近づきたいからと、そんな嫌がらせをするだなんて……」

ハリーが私のほうを向き、決定的な言葉を述べる。

なんと告白もしていないのにふられている。好きでもないのにふられている。

なんだこれは。

ゲーム補正ってこういうことなのか。私はもしかしてこのまま悪役令嬢になってしまうの？

「わ、私にはそのような気持ちはありません！　本当です！　王子様なんて私には不相応すぎるというか興味ないというかもともと特に好きでもないというか……！　ともかく全然狙ってないですし好きでもないです！　どっちかといえば近づきたくないんです本当です！」

焦って次々と言葉を重ねてしまう。

言い切ってしまった私が周りを見ると、教室の誰もが呆然とした顔をしている。

自分の言った言葉を反芻(はんすう)して、顔色がサッと悪くなるのを感じる。

不敬罪だ。

学園だとしてもまずい。

マリエもぽかーん顔だ。

私もそうだ。

気まずい沈黙が流れる。

ハリーもさすがに、何を言っていいのかわからない顔をしている。

そこに、沈黙を破る声が頭上から聞こえてきた。

「これは……何の騒ぎかな？　まあ、今は驚くほど静かだが」

「クロエラ先生！」

振り向くとあの黒曜石の瞳が不機嫌そうに細められていた。

クロエラは黒いかっちりとした軍服のような服に、黒いマントをつけていた。黒ずくめの恰好とその整った顔のせいで圧迫感がすごい。

突然の有名講師の登場に、教室がざわっとして空気が変わる。

先ほどまではぴりぴりしていたが、今はクロエラに顔を赤らめている子もいる。

「何があったか教えてくれ」

クロエラは無表情で怖かったが、私はパニックのままにクロエラへ訴える。

「あの、全然そんなつもりはなかったのですがマリエ様と誤解がありまして、私とローズ様がマリエ様に対して不満があるような感じだと思われて、ええと、それでハリー様が私がマリエ様に嫉妬しているのではと疑っていたようだったので誤解を解こうと思ったら何故かこういうことに！」

私の必死な様子が伝わったのか、クロエラは私の顔をまじまじと見つめた。

「……そうか、ハリー様とテレサ様の間に誤解があったようだな」

クロエラが頷きながら内容を反芻すると、ハリーがはっとしたように割り込んでくる。

「クロエラ先生！　誤解ではなくテレサ様がここにいるマリエ様を侮辱していたのです」

ハリーがマリエを守るようにしながら私のことを指さした。

「ハリー様。私も途中からですが、内容はだいたい聞こえていました。テレサ様とローズ様の言動にはそこまで問題はなかったと思います。そうですね。多少行き違いはあったと思いますが……」

クロエラは私の前にさっと出て、不快そうな顔をした。

クロエラは私たちの味方をしてくれるようだ。

顔は怖いけれど、守ってくれているような態度にほっとする。

そう、行き違いだ。

マリエも怖かったのかもしれないが、私もローズもすごく怖かった。

そう思って恨めしい気持ちでマリエを見ると、マリエも私のことをじっと睨むように見ていた。

そして、私の視線に気がつくと、またさっとハリーの陰に隠れてしまった。

なに、今の。

怯えた少女の顔ではなかった気がする。

もしかして、虐めをうまく誤魔化されたと思われたのだろうか。

「行き違い、でしたか……？　そうですね、申し訳ありません」

しゅんとした顔をするマリエ。

先ほどの表情が嘘かと思うぐらい落ち込んだ顔をしたマリエに、納得がいかないままに私たちも揃って謝った。

「あの、私たちこそちょっと誤解を招く言い方をしてしまったみたいで、申し訳ありませんでした」

王子その他はまだ納得がいってなさそうだ。

マリエはすごい。やはり主人公だ。

私もローズも見た目はともかく、まだ悪役令嬢的な何かをしてきた実績はないのに、すでに攻略対象者たちには嫌われてしまった。

そしてマリエは守ってあげたい対象として、地位をすっかり確立している。

まあ、今は攻略する気もないし、むしろ少し嫌われていたほうが避けやすくていいかもしれない。

ローズはちょっとかわいそうだったけれど。

今のところローズも攻略対象の誰かを好きとか言ってなかったから、良しとしよう。

うんうんと一人で納得していると、ハリーの怒ったような声がする。

「行き違いだったとは思えないが。それにテレサ様は、先ほど私にもかなり失礼な発言をしていたな」

「あ、あれは……申し訳ありません……」

今の流れで忘れてほしかったが、そうはいかなかったようだ。

あれは言い訳ができない失言だ。

……でも、ハリーが気を惹きたがっているとか言うから。

恨めしい気持ちでハリーを見る。

余計な疑いを持たれたせいだと言いたいが、どう考えても分が悪い。

どうしたら不敬を不問にしてもらえるか考えていると、ふっと笑った声が聞こえた。

そしてそっと背中を叩かれる。

誰にもばれないような自然な仕草だった。

「あれは、確かに通常であれば不敬になりますね、ハリー様。それでも学園では立場は平等ですし、今回は誤解もあったということで、お収めいただけると助かります」

口調だけは丁寧だが冷たい声でクロエラが言うと、ハリーは気圧(けお)されたように横を向く。

そして、しぶしぶながらも了承してくれた。

「クロエラ先生がそう言うのなら、そうですね。確かにここは学園です。わかりました」

「テレサ様も、言葉には気をつけるように。誤解されるような言動があったのは事実だ。慌ててしまった君の気持ちもわからなくはないが、気をつけてほしい」

そう言って、クロエラが私に笑いかけた。

その笑顔は場違いに綺麗で優しげで、一瞬見惚れてしまう。

周りの女子も、びっくりしている。

女子の視線がまた怖い!

当然のようにクロエラも人気があるんだよね。

「慌ててしまい、大変に失礼なことを口走ってしまいました。申し訳ありませんハリー様」

こちらにも頭を下げる。

ハリーは嫌そうな顔でこちらを見ていたが、頷いてくれた。

どうやら許してもらえたようだ。良かった。早速不敬罪すれすれだった……学園だとしても危ないので気をつけなければ。

「誤解が解けて良かったよ。皆もこのことは気にせずに過ごしてくれ」

クロエラが声をかけると、先行きを見守っていたクラスメイトたちも弛緩した雰囲気となり、話し声も聞こえてくる。その中には、当然のようにクロエラ先生かっこいいという声も聞こえる。

これ以上クロエラと話すのも危険だ。去ろう。

「クロエラ先生、お騒がせして申し訳ありませんでした。これからは気をつけます」

クロエラにもこれで終わりだということを示すために、淑女らしくお礼を言って礼をした。

クロエラと私は何の関係もありません、まったくもってありません。そう、女子にアピールしておく。

こういうちょっとした積み重ねが平穏につながるのだ、きっと。

とても助かったので早く帰ってくれ。

クロエラは私の無言の訴えを受け、何故かにやりとした。

「私は、今年度特別講師ではなく、通常の授業を受け持つことになった。期待していてくれ。あと、テレサ様には話がある。あとで教務室に来るように。場所は教務室の入り口にある案内を見てくれ」

私の意図は伝わっていたはずなのに、まるっと無視をした挙句に要らない情報を入れてくる。

隣のローズを見ると、クロエラ先生が笑った……と打ち震えている。

先ほどの笑顔にやられたままのようだ。

もうやだこの人。冷徹キャラも守ってないし、私の平穏も守ってくれない！

かろうじて口調は崩れていないが、救いになるほどではない。

あとで話があるって、今の流れだと確かに小言っぽいけれど、小言だとしても羨ましがられる可能性があるんですよ！

私の気持ちは伝わりそうもないが。

「わかりました。……授業が終わりましたら、伺います」

周りから喜んでいると誤解されないように、怯えたような表情を作っておく。

周りの女子からは少し離れているので伝わるかはわからないが、用心に越したことはない。

怯えた表情のまま、クロエラにだけ聞こえるようにそっと文句を言う。

「私は平穏を大事にしてるって前に言いましたよね！　何してくれてるんですか」

「その話は覚えてるけど、関係ないだろう」

「ありますよ！　女子に嫌われると困るんですよ本当に」

「大丈夫だ。気にすることはない」

「気にするって言いましたよね！」

「聞いたが了承もしていない。テレサの在学中は俺がいるから、問題なんてないようにしてやるよ」

そう言って何事もないようにすました顔をしているクロエラとは対照的に、私は顔が赤くなりそうになる。

駄目だ駄目だ。

ここで顔を赤くしたりしたら、更に女子に嫌われて悪役令嬢に近づいてしまう。

「そういう冗談はやめてください！　先ほどは助けていただきとても感謝しています、本当に助かりました。でも平穏を大事にしているのでこの先は無用ですまったくもって他人ですし魔法は教えてもらいたいけど基本的には話しかけなくて大丈夫です先生と生徒で距離感のある関係を保ちましょう。こういうとなんだか普段は距離がなさそうな感じがしますがもちろん距離はありますし他人です。よろしくお願いいたします」

私は伝えなければいけないことを早口でまくしたてた。

クロエラは一瞬びっくりした顔をしたが、すぐに取り繕い、返事はしなかった。

「ああそうだ。クロエラ先生はマリエ様のことはご存じですか？　うちの学園で途中入学だなんて珍しいですよね。光の魔法の使い手ですよ」

話を変えようとマリエのほうを指さすと、クロエラは検分するように目を細め、綺麗な笑顔でにこりとマリエに笑いかけた。

ああ。

出会ってほしかったわけではないのに自分から言ってしまった。

何をやっているんだ本当に。

クロエラは大股で近づきながら、マリエに話しかける。私も慌ててあとに続いた。

「君はマリエ・トリスカーだね？　とても優秀だと話は聞いているよ」

「あ……はい！　そうです。私も有名なナヴァル先生に教えていただけるなんてとても光栄です。名前も覚えていただいているなんて」

マリエはクロエラの笑顔に顔を赤くし、とても嬉しそうに笑った。

クロエラの顔は、ちょっと怖くて見ることができない。

「クロエラ、でいい。ここは学園だから、皆下の名前で呼び合うんだ。家名に引っ張られないように。私は生来の貴族ではないが、貴族も平民もこの学園では平等に扱われる。私も君たちみたいな優秀な生徒を教えられるのをとても楽しみにしていた」

周りを見回し、そう言うクロエラはいつもの距離を感じる笑顔のままだった。

それでも、生徒たちは嬉しそうに笑顔になった。マリエもハリーたちとの会話の輪に戻る。

クロエラは、作り物の笑顔のままそれを見送る。

「マリエ・トリスカー……。気になるな」

クロエラのぽつりとした呟きは、私の耳だけに届いた。

そして、クロエラは何事もなかったように去っていった。

これが運命の出会いだったのだろうか。

私はもやもやした気持ちになりそうなのを、頭を振って追い払った。

「それにしても危なかったですわね、テレサ様」

「本当に……ローズ様も気をつけてくださいね、クロエラ先生が来なかったら大変なことになっていたかもしれないですわ」

「ええ。次からは気をつけますわ。……でも、クロエラ先生は本当に素敵でしたわね。あんな風に笑うのなんて、私初めて見ました。クロエラ先生とはお知り合いでしたの？　テレサ様がクロエラ先生とあんなに親しかっただなんて、私聞いていませんよ」

ぷーっと口を膨らませるローズは可愛い。でも誤解だ。

「いえいえ！　クロエラ先生とはお父様の伝手でお話しさせていただいたことがあるだけで、個人的な付き合いは当たり前ですがありません。仲はまったく良くないのです、むしろ他人より遠いですわ」

私が慌てて弁明するとローズは吹き出した。

「他人より遠いってどんな関係ですか。でも私が見た限り、クロエラ先生はテレサ様のことを気に入っているようでしたわ。あんな笑顔が見られるだなんて、私、生きてて良かったです……」

思い出して嬉しそうにしているローズからは嫉妬は見えない。

見た目悪役令嬢だけど、可愛い子なんだよね。同じクラスになれて良かった。

もちろん、ゲーム内では徒党を組んでマリエを虐めるから、同じクラスなのは当然なのかもしれないけれど。

周りの雰囲気は、いまいちわからない。

私がマリエに嫉妬しているという誤解は解けているといいけれど。クロエラとの仲も、疑われてはいないと信じたい……。

マリエのほうも、まだハリーたちと話してはいるが、今はそこまで注目されていないように見える。

先ほどのクロエラの登場で、皆のマリエへの嫉妬はうやむやになった感じだ。

こういうのはしばらくしないとわからないだろうけれど。

私たちもマリエも、変な噂にならなければいいな。

その後、今日は初日なので授業はなく、先生の挨拶と今後の予定の説明があり解散となった。

初日は短かったのに、すごく疲れて終わった。

「学内のカフェでケーキを食べてから帰りませんか？」

何か甘いものが欲しくてローズを誘うと、彼女は驚いた顔をした。

「まあ、テレサ様！　クロエラ先生に呼ばれていたのを忘れたんですか？　なかなか忘れられない用事だと思いますが」

「そういえばそうでした。ちょっと抜けていました。危ないところでした。でも、もちろん覚えていましたよ。ただちょっと、甘いものに気を取られたというか」

ローズは呆れた顔をしている。

本当はすっかり忘れていた。誤魔化そうとしてへらへらと笑いながら言い訳を重ねている私に、ローズはズバッと言ってきた。

「そういうところですわよ。慌てるとすぐに失言するのがテレサ様の悪いところです。あからさまに嘘だとわかる言葉を言うか、先ほどのように言ってはいけないことを言ってしまうんですから」

「確かに……。ううう。気をつけます」

「いつかテレサ様が恨まれて刺されないか心配ですわ」

まったく、という風にため息をつく。返す言葉もない。

へこんでいる私の肩を、ローズがポンと叩いた。

「カフェでケーキを食べるのは無理でしょうが、クロエラ先生への差し入れも兼ねて焼き菓子を買っていきましょう。私もそこまではお付き合いいたしますわ」

そう言ってローズはにこりと私に笑いかけてくれた。

「優しい！　そういうところ、本当に大好きですわローズ様」

「……急いでください」

照れているらしいローズがさっと歩いていってしまったので、私はにやにやしながらあとを追いかけた。


ローズと別れ、教務室がある場所に一人でやってきた。そこは見るからにお金がかかっている豪華な造りだった。それぞれに意匠が違う重厚な彫りの扉がずらりと並んでいる。

入ったことはないが、内装もそれぞれに違うんだろうか？

そもそも地位の高い人しか講師になることができないので、当然の待遇ともいえるが。

用がないので来たことはなかったが、できればあまり近寄りたくない威圧感のある空間だ。

侯爵という、貴族の中でも上位である我が家も、もちろんこと同じかそれ以上の造りではあるけれど、慣れているのでただただ快適な我が家だ。

改めて考えると、すごいなあ貴族。

私がぼんやりと建築費に思いを馳せていると、ひとつの扉が開いてクロエラが出てきた。

「あ、クロエラ先生」

「テレサ様、遅かったので様子を見に行こうと思ったところでした。迷子になっているのかと思いましたよ」

クロエラは私と目が合うと、馬鹿にした顔でくつくつと笑った。

私はムッとして、反論する。

「私はなんと地図が読めるんですよ！　迷いません」

「地図は……普通読めるだろう」

「貴族とかいつも馬車で移動しているタイプの人間は地図が読めなそうじゃないですか。そんな中で私は地図が読めますとってもすごい」

「とんだ偏見が出てきたな」

「いやいや偏見じゃないです、きっと間違いありません。私の能力は素晴らしいので褒めてくれていいいんですよ」

「心底どうでもいいな」

クロエラは冷たい顔で冷たいことを言って、それでも部屋のドアを開けてくれた。

「どうぞ私の部屋へ。お嬢様」

言葉だけは甘く招かれたその部屋は、大きな窓もあり、明るい雰囲気のいい部屋だった。

左右の壁に天井までの本棚があり、たくさんの本が詰め込まれている。この世界では本は貴重品なので、これだけの本を個人所有しているのは驚きだ。

「わー！　本の量もすごいですし、広い部屋ですね」

扉を入ってすぐのところにはテーブルセットがあり、奥には仕事をしているらしい机がある。

その机の上には飲みかけのティーカップが置いてあり、資料らしきものが山積みになっていた。

なかなか仕事は溜まっていそうだ。

学園内というよりも、できる人の私室という感じの雰囲気だ。

「ここはもともとクローエル師匠が使っていた部屋なんだ。師匠は実験棟のほうにも部屋を持っているから、今回こちらを譲り受けたんだ。ここにある本もほとんどはクローエル師匠が集めたものだよ。興味深い本ばかりで、時間を作って少しずつ読んでいるところだ」

そう言って微笑んだクロエラは嬉しそうで、本当に魔法が好きなんだなと感じた。

「今日は何のご用でしたか？　日中のことでしたら誤解だとわかっていただけたと思っていましたが……」

「さすがにそれはわかっている。でも、ハリー様は仮にも王太子なので、今後も考えて不用意な発言はしないように注意してくれ」

クロエラは厳しい顔をして注意してくる。確かにそうだ。私もしっかり頷いた。

「もちろんです。今後は一言もしゃべらない勢いで遠くにいる所存です」

「それは遠すぎだろ。言っておくが無視も不敬だからな」

「……わかってます。でも近づきたくないんです」

私は内心不貞腐れながら答えた。

すでに嫌われてしまったので、失言の多い私はそれこそ本当に関わりたくない相手なのだ。二度目はないだろう。

「顔に出てるぞ。なんとなくお前が何か警戒していることは伝わってくるが、空回りしそうだ」

「空回りは確かに……」

先ほどもローズに注意されたばっかりだ。

「力が入りすぎなんじゃないか？　俺に言えないことかもしれないが、頼ってくれ。もし言えるものなら、何でも言ってくれていい」

「ありがとうございます。でもすみません、言えないです……」

人に言えることではない。自分は悪役令嬢だから攻略対象者と関わると危ないなんて。でも、クロエラは私が何かに怯えていることには気がついているようだ。

「それは仕方ない。信用を得られるように俺が頑張るしかないな」

それでも、クロエラはそれ以上聞いてくることもなく、笑って流してくれた。私も笑顔を作りそれに乗る。

「私はなかなか疑い深いですよ」

「攻略は難しそうだな。……あとはそうだな、俺が前面に出て守ってもいい」

「前面にって？」

「俺と婚約でもすれば近寄ってこないだろ」

そう言ってにやっと笑った。これは単純にからかわれている。

「しません！　近寄ってこないけれど別の敵が現れそうです」

「まあなるべく目を配るようにはするから。今日だってちょっと様子を見に行ったら揉めているからびっくりしたんだぞ」

そう言ってクロエラはおかしそうに笑った。

「揉めたくて揉めてたんじゃありません。あれは、なんだか気づいたら虐めていると誤解されてしまったんです。本当は私はローズを、ローズはマリエ様を助けたかったんです……。ううう。やっぱり悪役顔がまだ抜けてないのかもしれません……」

話しているうちにだんだん悲しくなってしまう。

悪役令嬢の補正って恐ろしいな。

ローズも私も善意からの行為だったのに。自分の身も危ないし、相手に誤解されたら悲しいし、できるだけ関わらないほうがいいんだろうな。

「そうだな。あれは悪意があったように見えるな」

「えっ、クロエラ様から見てもですか？　顔だけじゃなくて無意識に虐めてるのかしら……」

恐ろしい指摘に私が戦々恐々としていると、クロエラは首を振った。

「お前にじゃなくて、流れにだな。うーん。俺が気をつけて見ているから、お前はなるべく普段通りでいてくれ」

「ええ？　ちょっと意味がわからないんですけど」

「わからなくていい。お前はいろいろ考えると余計に何かしでかしそうだ」

「失礼な。私はこれでも淑女ですよ。それで、本当に今日の用事は先ほどの件ですか？」

「そうだな。お前の失言の注意だ。表向きはな。……あとは個人的にハリー様たちとは関わりたくないとか言っていたから、ちょっと気になっていたのもあって」

そう言って、クロエラは安心させるように頭をポンと叩いた。

「今日のところは本当に助かりました。私も気をつけます」

「そうだな。何かトラブルがあったら呼べよ。じゃあ小言はここまでだ。お茶でもしよう」

クロエラはテーブルセットのほうに座る。私も向かい合って座った。

「あ！　私クッキー買ってきたんです。ちょうど良かった」

うきうきして、先ほど買ったクッキーのセットを見せる。

クロエラはそれを見て呆れたようにため息をついた。

「元気そうで良かったよ。じゃあそれも一緒に出してもらおう」

チリン。

呼び鈴を鳴らすとメイドがやってくる。

クロエラが飲み物とクッキーを一緒に出すように頼むと、メイドは一礼して出ていった。

「これを鳴らすだけで来るとか相当耳がいいですね……」

「そんなはずないだろ。これは魔導具だ。ここで鳴った音はメイドがいる部屋でも鳴るようになっているんだ」

「高性能！　見た目はただの呼び鈴なのにすごいですね」

「そうだな。そういう研究も面白いぞ」

「クロエラ様も魔導具を作ったことがあるんですか？」

「もちろんだ。この学園を卒業したあとは高等学園に行ったから、授業でも作ったし、個人的に今も研究している」

高等学園とは、この学園を卒業したあとの進路の一つだ。学園で学んだ基礎を発展させ、魔法をはじめとする学問の探求を行う。

専門性が高く、もちろん能力がないと入れないが、入ることができれば将来は約束されたようなものだ。

ちなみに貴族の女子はほとんど高等学園に進むことはない。

「魔導具の研究も面白そうですね」

悪役令嬢として貴族男性に嫌われてしまったら、高等学園に行って研究するのもいいかもしれない。

単に独身よりも外聞も悪くないはずだ。……いや、そうでもないか。

なんだかんだ侯爵令嬢なのだ。

引く手あまたとはいかなくても、嫁ぎ先がまったくないなんてことはないはずで、それでも独身でいるのは相当な意思が必要となる。

進学はなかなか茨の道になりそうだ。

「私、勉強頑張りますわ」

「急にやる気だな。でもそうだな、勉強なら俺が教えてやるから頑張れ。俺は座学も優秀だったぞ」

「うわー嫌味な感じ」

「なんでだよ。そこは褒めるところだろう？　どう考えても」

「人間ちょっと駄目なところがあったほうが可愛いんですよ……多分」

そうこうしているうちにメイドがやってきて、やっぱり紅茶を淹れてくれた。

「そうだ、そろそろ黒の魔法の授業の予定も立てないとな」

「そうしてもらえるとありがたいです」

マリエとの運命の出会いがあったかもしれないけれど、変わらずに授業はしてくれるらしい。

なんだかちょっとほっとする。

まだ好感度が低いのかもしれない。

……これからだ。

「魔法の授業がある日の放課後にしよう。その日なら俺も確実にここに来る。何かトラブルがあって学園に来られない日は俺の授業自体がなくなるから、その時は延期だ」

クロエラの魔法の授業は、予定では月に一回だ。

座学が別にもう一回あって、月に二回の授業になる。

師団長にこんなに来てもらえるのは破格らしく、他の学年からはかなり羨ましがられていると
ローズに聞いた。

確かに激務らしいけれど、ゲームでは足繁く主人公のもとに通っていたのであまり疑問に思わな
かった。

私の家にも良く来ていたし。

関係が悪化するまでには、ぜひとも黒の魔法を覚えたいものだ。

魔導具の話も聞いてみたいな。

「とっても楽しみです。最近は、適性はどうにもならないですが他で補って、なんとか魔法と関係
するような職業に就きたいなと思っているんです。よろしくお願いいたします！」

私がうきうきしながら頭を下げると、クロエラも楽しそうに笑った。

「俺もすごく楽しみにしている」

クロエラとすっかり話が弾んでしまい、結局自宅に戻ったのはお昼過ぎだった。自室に戻ると私
は早々ベッドに倒れ込んだ。

「あー疲れたー」

ベッドがふかふかで気持ちいい。学園の初日ということにかなり緊張していたようで、身体もだけど気持ちも疲れている。

半日しか学園にいなかったのに、すでにいろいろあった。

ゲームの舞台は揃っていて、すでにオープニングはスタートした状態だ。マリエは攻略対象者たちと順当に仲を深めそうだった。

「主人公……可愛かったな」

マリエのピンクの髪の毛を思い出す。

主人公に相応しい、明るい表情に明るい声。きっと性格も前向きで積極的。男の人なら誰でも好きになってしまうような女の子。それだけでなく、女の子の憧れも詰まっていそうだ。

ゲームでは特に思い入れはなかったが、目の前にしたらその愛らしさに驚いた。

対して私は元悪役令嬢。メイクを変えても、どちらかと言えば悪い顔だ。

新しいクラスでも、すでに悪役令嬢のイメージがつきかけていた。

ううう。なんだかへこみそうになる。

まあ、それでも前世の私に比べたら、テレサの顔はかなり整っていると思う。美人の部類に入るだろう。主人公と比べてはいけない。

私はこの顔自体は気に入っている。悪役令嬢メイクはしないけれど。それに誰かの攻略を目指しているわけでもないし、マリエと張り合うこともない。

主人公であるマリエは、あっという間に攻略対象の四人と仲良くなっていた。

すごい。

それに、クロエラもマリエのことが気になると言っていた。なんとなく、どこが気になるのかは聞きそびれてしまったけれど。

乙女ゲームの世界なのだから、当然と言えば当然なのかもしれない。

皆がマリエのことを好きになるんだな。

私はため息をついた。

クロエラは在学中そばにいてくれると言っていたし、今のところ私のことを邪険にしている様子はない。まだストーカー継続中だ。

私に何かあった時にも、力になってくれると思いたい。

これからマリエへの好感度が上がったら、クロエラも変わるのだろうか。

少なくとも、個人的な魔法の授業は打ち切りになるのだろう。

私はマリエを虐めないけれど、クロエラから糾弾されるのは嫌だと思う。

今考えても仕方のないことが頭の中でぐるぐるする。

これから主人公はどのルートに行くんだろう。今の段階では、まだ誰かに決めているというわけではなさそうだ。

初日だし。

そして、未だに私はこの乙女ゲームのストーリーの大筋を思い出せずにいる。

何故テレサとローズはマリエを虐めていたんだろう。

そして、それぞれのルートに入る場面も思い出せない。マリエと攻略キャラの楽しそうな会話が断片的に蘇ってくるだけだ。そこに重要なセリフは入っていないように思う。

それに､攻略対象者たちは何からマリエを守るために戦っていたんだろう。ここはとても平和だ。政治については詳しくないものの、戦争が起こりそうだという話は聞かない。

何かあれば家の誰かが大騒ぎしているだろう。

さすがに国を挙げて悪役令嬢と戦うということはないだろうし……

こんなぼんやりした知識だけで、なんとかなるのかな。

この世界はそこまで理不尽じゃなさそうなのに、何故テレサは処刑されてしまったんだろう。

まだまだ、手掛かりは見つからない。

でも……

今日の朝の出来事を思い出す。

あのままいけば、私とローズはマリエを虐める悪役令嬢としてのイメージがついてしまっただろう。

もしかしたら、ああいうことが積み重なって、徐々にそういうことになってしまったんじゃないだろうか。

「今日は、クロエラ様が助けてくれたから……」

もしかしたら、処刑フラグの一つが消えたのかもしれない。

そこまで考えて、思い出す。

「いや、フラグは一つ減ったかもしれないけど増えたんだった」

危ないところだった。

クロエラへの感謝で終わるところだった。

クロエラのストーカーがばれたら、私は今後女子からの嫉妬を受ける可能性があるのだ。

個人授業もあるし。

現段階においてクロエラが力になってくれているのは間違いないが、クロエラが危険の種になるのならプラマイゼロか、むしろマイナスの可能性も……

危ない。危うく変に恩を感じてしまうところだった。

私はクロエラへの感謝の気持ちを捨てることにした。

いろいろもやもやするけれど、思い出せないものは仕方がない。

週末はローズと優しげメイクの練習をする約束もしているし、今のところは黒の魔法も教えてもらえそうだ。

王子様の心証も良くなかったから、今後仲良くなって変にイベントに巻き込まれることもないだろう。

良いことを指折り数え、私は不安を押し込むことにした。

今日は楽しみにしていたクロエラの魔法の授業の日だ。

魔法の授業は、実技としては週に二回、座学が週に三回ある。

そのうちの月に一コマずつをクロエラが担当することになる。

三年になるとそれぞれ専門の分野の講義を選択できるようになるため、魔法の授業を受けなくなる者もいる。

平民出身で魔力のない者に関しては、実技は全学年を通して免除となり、個人の能力に合わせた講座を取れるようになっている。

使えない魔法の勉強に時間を割いても仕方がないので当然だろう。

ただし座学は教養として二年までは必修だ。

クロエラは今回三年ではなく二年の担当だ。それは、全員に魔法の基礎の大事さを教えるためだと言っていた。

そして、魔法の才能を見込まれて二年から転入してきたマリエは、楽しそうな顔で授業に参加している。

今日の実技では、校庭の一角にある魔法が使える競技場の端に、クロエラを囲むように生徒が集められた。

競技場は体育館ぐらいの大きさで、周りに魔法の影響が出ない造りになっているそうだ。

一年の時はそこまでの大きな魔法を使うことがなかったので、実際のところはわからないが。

「では、授業を始める。一年では基礎的な魔法に対する適性や、魔法の使い方について学んだと思う。今年はもう一歩踏み込んで、自分の魔力や魔法の制御について学んでいこう」

クロエラが良く通る声でそう伝える。

クロエラは人前で喋り慣れていそうだ、さすが師団長だ。

危険が多いので、学園を卒業するまでは一人で魔法を使うことは禁止されている。

久しぶりに魔法を使うので、楽しみだ。

私の隣でローズも嬉しそうに授業を聞いている。

「クロエラ先生に見てもらえるなんて、本当に夢のようですわ」

ローズはキラキラした目でこっそり話しかけてくる。

一年の時は知らなかったが、今や安定のクロエラファンだ。

「私も久しぶりに魔法が使えて嬉しいです」

それに私は嘘ではない言葉を返しておく。

今日使う魔法は、水の魔法のようだ。クロエラは皆がきちんと聞いているのを確認するように周りを見渡したあと、マリエに声をかけた。

「マリエ様、こちらで皆にお手本を見せていただいていいですか？」

「私ですか？　は、はい。よろしくお願いします」

突然指名されたマリエは驚いた顔をしたが、おずおずと前に出てクロエラの隣に並んだ。

二人が並ぶと、とても絵になる。

心なしかクラスの女子の目線が厳しくなったような気がするが、クロエラはそんなことにはお構いなく授業を進めていく。

「今回はウォーターの魔法を使う。水の基本的な魔法だから、皆適性に関係なく使えると思う。知っての通り魔力を水に変える魔法だが、その量や水が出る時間は魔力の使い方次第だ。まずは見本を見せよう。マリエ様、やってみてください」

クロエラがそう言うとマリエは頷き、さっと手をかざすように前に出して、呪文を唱えた。

『ウォーター！』

マリエが呪文を唱える。

水がマリエの前にざばっと現れて、そのあとすぐに消えた。

私が使う時よりも水の量が多い。

適性が高いからだろう。さすがだ。

「これが通常のウォーターだ。次は応用編だ。これは私が見せよう」

そう言って、今度はクロエラが呪文を唱えた。

すると、クロエラの手からは水が水道の蛇口をひねった時のように細く継続して出てきた。そしてその水は地面を濡らし、すぐに消えていく。

水が存在する時間自体はそこまで変わらないようだ。

でも、一回の呪文でこんなにずっと水が出るのは知らなかった。

不思議だ。

周りの生徒も知らなかったようで、ざわざわしている。

魔力をずっと出し続けるとあんな風になるのかな？

私がわくわくしていると、クロエラはマリエにも実演するように伝えた。

マリエは両手を前に出し、呪文を唱えた。

先ほどよりは少しだけ長い時間になったが、そこまで変わらない。

バケツをひっくり返したようなものから、斜めにしたぐらいの感じだ。

「全然変わらなかったですね……。難しいです、すみません」

マリエが落ち込むと、クロエラは慰めるように肩を叩いた。

「最初でこれだけできれば上出来だ。魔力を安定して供給しなければあっという間に止まってしまう。呪文を唱えると魔力が抜き取られるので、それを制御することも必要となる。一回に消費する魔力を多くすることはできないが、出し方をコントロールすることによって応用が利く。出し方はそれぞれのイメージで工夫してみてほしい。やってみてくれ」

クロエラがパチンと手を叩くと、皆がバラバラに散って練習を始める。

私もローズと皆から少し距離を取るように移動する。

「こういう練習は初めてですわ」

ローズが緊張したように言ってくる。周りを見渡すと、皆ざばっと水が出るだけで、継続して出せる人はいないようだ。

マリエはなかなか上手だったようだ。

そして、攻略対象者たちはさすがのスペックの高さのようで、他の生徒よりも長く水が出せている。

しばらくすれば、かなりうまくなるのかもしれない。

ローズは隣でざばざばと水を何度も出している。これで足元がまったく濡れていないのが不思議だ。

私もやってみよう。クロエラはなんて言っていたんだっけ？

魔力を身体の中心に集めて……うーんイメージ……。あ。ホースから水が出る感じはどうだろう。

自分が水道の蛇口になったようなイメージで、そこにホースを繋ぎ、手を軽く握り込んでホースの先端を持った気持ちになる。そして魔力をホースに流す感じにしよう。

イメージをなぞるように魔力の流れを作る。

『ウォーター！』

唱えると、魔力がぐっと持っていかれそうになる。それをぎゅっとホースを押さえるようにして止める。

すると、ホースから水が出るような感じで、握った手から細い水が出てきた。

「わーできたできた！」

イメージ通りだ。

面白い！　いろいろ試そうとすると、あっという間に規定量の魔力がなくなったようで水が止まった。

呪文を一回唱えるごとに消費する魔力量が決まっているって不思議だわ。

楽しくなり、すぐにもう一度呪文を唱える。手を更にぎゅっと握り込むとシャワーのようになるし、手を緩めるとそのままだぼだぼ水が出る。本当に自分が水道になったような感じだ。

「テレサ様上手でしたわ！　あんな風に水が出るなんて驚きました」

ローズが目を丸くして褒めてくれる。その驚いた顔に、やりすぎたことを悟った。

「私、水のイメージが得意みたいです」

私は慌てて、誤魔化すように笑った。

魔法自体は面白いから、やってみたい気持ちが勝ってしまう。

今はイメージが得意だとしても、学年が進めば適性の有無が大きく関係するだろうから、成績は悪くなっていくはずだ。

きっとそこまで目立ったりはしないだろう。最初だけだ。

「そうだったんですね！　イメージって難しいですわ」

ローズは素直に頷いて、また練習を始める。ウォーターは消費魔力量が少ないので何度もできる。イメージトレーニングの練習として便利な呪文だな。

「テレサ様！」

ローズの練習を見ていると、聞きなれない声で呼ばれた。

なんだろうと振り向くと、グレーの長髪が見える。

呼んでいるのは、攻略対象のニコル・ミスティアのようだ。

大股でどんどんこちらに近づいてくる。

まさか、また悪役令嬢呼ばわりはないよね？　こわい。

私が怯えていると、近くまで来たニコルは、真剣な顔をして私の手を握ってきた。

「テレサ様！　あなたの魔力のコントロールは素晴らしいです！　とても感動しました。本当にすごい！」

真面目な顔のままだが、良く見ると紫色の瞳がキラキラしている。

そうだ。私はゲームの設定を思い出す。

ニコルはとても優秀な魔法使いだ。

ゲームでもミステリアスな感じだったけど、魔法が絡むと楽しそうにしていた。

きっと魔法が好きなんだな。

私も魔法が楽しいので、なんだか急に仲間意識が芽生える。

「ありがとうございます。初めてやったのですが、イメージが良かったのかもしれません」

私は警戒を解いて、笑みを浮かべた。

「そのイメージ……聞いてもいいですか？」

ニコルは目をキラキラさせたまま、ちょっと遠慮気味に聞いてくる。

そういうのって秘匿情報とかなのかな？

まあ私には関係ないし、一緒にホースで水を飛ばすのは楽しいかもしれない。

攻略対象者には初日に嫌われてしまったと思っていたけれど、彼は魔法への興味のほうが勝っているのかもしれない。

ニコルにライバル視される可能性もなくはないけど、私の魔法の適性が低いってわかれば大丈夫だもんね。

実力差がすごいから、ライバルになるとかは無理。安心だ。

「いいですよ！　一緒にやりましょう。ローズ様も一緒にやってみましょう」

ニコルはぱっと嬉しそうな顔をした。

声をかけると、ローズもさっと一緒に並ぶ。

二人でにこにこと並んでいる姿がなんだか可愛い。

「よろしくお願いします！」

「わあ、テレサ先生ですわね！　よろしくお願いいたします」

ローズも楽しそうに頭を下げる。

皆のイメージはどうやっているんだろう。

「私のイメージってだけなので、もしかしたら何の役にも立たないかもしれませんが。ニコル様はどういうイメージでやっていますか？」

「私は先ほど見たクロエラ先生をそのままイメージしています。出力を抑えるのが難しいのですよね……」

「わかります。魔力を勝手に抜き取られる感じで、全然制御できる気がしないですわ」

ローズもうんうんと頷いている。

「そうなんですね。私はホー……ええっと丸い筒の棒みたいなものをイメージしています」

ホースと言いかけてやめる。この世界にあるかわからない。

筒なら間違いなく通じるだろう。

「身体の真ん中に魔力を集めると思うのですが、そこに筒を刺す感じでイメージしてください」

私は水道のイメージでやっているが、まあ同じだろう。

二人も頷く。

「とても痛そうだわ」

「えーと、筒は柔らかいもので想像してください……そして、その筒を通して魔力を出す感じです。筒の先は手を握り込んでおいて、ぎゅっとしたら水が漏れなくなるようなイメージです」

「なるほど……魔力をそういう風に絞るイメージなんですね。私は魔力を少しずつ水にしていくイメージだったから、持っていかれやすいのかも」

うんうんとニコルが頷いてくれる。ちゃんと伝わったようでほっとする。

ローズもイメージできたようで、手を握ったり開いたりを繰り返している。

「私、一回やってみますね。『ウォーター』！」

ローズが呪文を唱えると、握り込んだ指の間から水が出てくる。

しかし、だいぶ量が多いせいで手が開いてしまい、あっという間に消えてしまった。水道の蛇口をひねりすぎた時のような感じだ。

「わーできたわ！」

それでも先ほどの状態よりは良くなったからか、ローズは嬉しそうにしている。

「良かったですわ、イメージが伝わったみたいね。何回かやれば同じようにできそうですね」

私の言葉にうんうんと楽しそうに頷くローズが可愛い。

「私もやってみよう」

ニコルはいそいそと準備する。

試してみたくてたまらないという雰囲気で、こちらも可愛い。

『ウォーター！』

ニコルが唱えると、私よりも水量は多いが、ホースから水が出る感じになった。

「わーできてますね！　手のところをぎゅっとして魔力を絞ると、水しぶきになりますよ」

言われた通りにニコルが手を握ると、水量は少なくなったが水しぶきにはならなかった。

「なりませんね……これもイメージの問題かもしれません」

ニコルが頷きながら答えてくれる。そうか、私はホースのイメージだからそうなるのかもしれない。そもそも貴族は庭に水なんて撒いたりしないだろうし、イメージも湧かないのかも。

「そうかもしれませんね。イメージってすごいですね！」

「はい！　だから魔法はとても面白いです」

ニコルが楽しげに笑う。うーん。ミステリアスな美少年が笑うのは破壊力がすごいな……でもなんか、好奇心旺盛な小さな子供みたいでもある。

「協力できて良かったです。私も適性はどれも低いですが、最近とても魔法に興味があって勉強中なんです。何かあったら教えてくださいね」

「もちろんですテレサ様！」

手を取り合って喜ぶ。すっかり魔法好き仲間だ。

攻略対象だけど、良い人そうだし良かった。

それに、何か身を守るのに有効な魔法を教えてもらえるかもしれない。楽しみだ。

「ずいぶん盛り上がっているようだな」

冷めた声が聞こえる。クロエラがいつの間にか後ろに立っている。

「クロエラ先生！　今ニコル様とローズ様と練習していました。三人ともなかなか上手にできたんですよ」

不機嫌そうな顔をしているが、なんだか怖いのでそこは無視しておく。

「それは見ていた。向こうのほうでな。……ニコル様、マリエ様が教えてもらえないと残念がっていましたよ」

そう言ってクロエラはマリエのほうを見る。

マリエは攻略対象の三人と一緒にいるようだった。

そうか。

ニコルは向こうのグループで一緒にいたのか。

すっかりこちらで盛り上がっていたが、まさか恨まれていないよね。

「そうなんですね。でも私はテレサ様に教えてもらいたかったので。マリエ様には他の方もいるので大丈夫でしょう」

ニコルはそちらを見ようともせずに、不思議そうな顔をして首をかしげた。

「テレサ様から学んだことを、早くマリエ様にも教えてあげたほうがいいのでは？」

「いえいえ……私はまだまだですので、今日はこちらでテレサ様と練習させていただこうと思っています」

二人とも微笑んでいるのに、雰囲気が全然穏やかではない。

ニコルとはこれ以上一緒にやる約束もしていない。

私はここを離れることにした。

「うまくイメージが伝わって良かったです。私はローズ様と二人で、あちらのほうでもっと練習してきますね。それでは」

二人で、を強調しにっこり笑い、ローズの手を取る。

逃げるのが間違いないだろう。

そう思ったのだが、肩に手が置かれ……というよりは掴まれる。

「あちらで見ていましたが、テレサ様の水のイメージはすごいですね。私ともぜひ意見交換しましょう」

私の肩を掴みながら感情の読めない顔でにこりと笑うクロエラに、ローズは私と繋いでいた手をさっと離し、距離を取った。

謎の争いに巻き込まれたくないローズの気持ちはわかるが、冷たい。私だって、急にこんな二人の間に入るなんて嫌すぎる。

結局私だけ逃げられず、何故か三人で魔法の練習をして終わった。

イメージを伝えただけなのに、クロエラもニコルも私よりずっと上手だった。

私は特にそれ以上の上達はなかったので、ただただ疲れて終わった。

そして、楽しくも気疲れした授業が終わり、放課後はクロエラの個人授業だ。

魔法の授業のあとというのは覚えやすいけれど、私はそんなに魔力が多いほうではないので今後心配ではある。

黒の魔法に適性はあるだろうか。

ゲームでの情報でいうと、勝算はそれなりにあると思う。

もし適性があれば、私の中のテレサも喜ぶに違いない。

記憶にあるテレサは、魔法の適性がないこと、期待されないことに内心かなり悲しんでいた。

そのうち諦めてしまっていたが、もし黒の魔法が使えるとなれば慰めになるだろう。

今はそんな気持ちも客観的に見られているので、心の傷は浅くなったけれど、それでも。

期待と不安が半々ぐらいで、私はクロエラの教務室のドアを叩いた。

「入っていいですよ」

「失礼します」

中に入ると、クロエラが手に取っていた資料を片付けているところだった。

機密事項かもしれないから、扉を閉め、書類が見えないように入り口のところでクロエラの作業が終わるのを待つ。

「待たせたな。今は授業に対する評価をまとめていたんだ」

「それ私に言っていいやつじゃないですよね。見たくなっちゃうじゃないですか」

クロエラは失言が多い。

「何しているか気になるかと思ってな」

そして自意識過剰だ。

「まったく気になっていません。今日はよろしくお願いいたします」

「まあいい。申し訳ないがあまり時間がないのだ。もう始めよう」

机の上の資料はこの間見た時よりも更に増えているし、心なしかクロエラも疲れていそうだ。

師団長もやりながら講師は相当厳しいスケジュールなんじゃないかな……

毎日講義を持っているわけではないけど、行ったり来たり大変なんだろうな。

「私は暇なので大丈夫です。なので、忙しかったら別日でも全然大丈夫ですよ！」

安心させようと胸を張ってみたが、クロエラはため息をつくだけだった。

大丈夫かな？

「クロエラ先生、だいぶお疲れではないですか？　過密スケジュールすぎですよ。なんで講師なんて受けちゃったんですか？」

まったく、と腰に手を当ててため息をつくと、何故か同じようにクロエラもため息をついた。

「なんていうか……こんな意識されないものなのか？」

そういうとクロエラは席を立ち、私の前に立った。

「え？　何がですか？」

急に目の前に立たれると圧迫感がすごい。

クロエラを見上げると目が合った。

結構身長差があるな……

そのまま両手で顔を挟まれる。

「顔を使ってでもお前を落とそうと思う、と言ったはずなんだけどなあ……。俺、結構モテるんだぞ？」

「モテるのは知ってますよ、その顔ですもの」

「顔は気に入ってくれてるのにな……。お前を追いかけて学園の講師になったんだぞ？　ちょっとは意識してくれまじで」

「ええええええ！　なんですかそれ講師なのはもともとの予定じゃないですか」

「違う。もともとは特別講師だ。特別講師じゃ三か月に一回がいいところだ。それじゃあまりにも会わなすぎだし、お前は貴族だから、うっかりしてると婚約したりするだろう。だから予定を詰めてもらったんだ」

クロエラは不満げにぶーっとした顔をする。

何その顔可愛すぎるよ。

それにそんな話は聞いていない。

ゲームでは毎日当然のように登場していたから、月に二度の今の予定が逆に少なく感じるぐらいだった。

「え？　で……でもマリエ様は？」

私はすっかり慌ててしまい、気になっていた名前を出してしまう。

突然の名前に、クロエラは不思議な顔をした。

「なんでここでマリエ様？」

「……それは、マリエ様が……」

言葉に詰まってしまう。

まだ学園は始まったばかりで、あまり学園にいないクロエラのマリエへの好感度はそこまで高くないはずだ。

長く一緒にいるハリーたちはすっかりマリエに夢中なようで、楽しそうに談笑しているのを日々見かけているけれど。

「なんで急に関係ない名前が出てきたんだ。何が引っかかっているんだ？」

クロエラの目が細くなり、怒っている気配を感じる。

「えええっと……ええと。マリエ様は可愛いですし……才能もあふれてますし……」

ゲームではそうなのですとは言えなくて、目が泳いでしまう。

あのゲームは別ルートに入っても、攻略対象者全員が主人公のことを秘かに思ってるんだよね。

今はまだそうじゃなくても、クロエラも確実にマリエを好きになるということだ。

そもそもテレサはクロエラが好きそうだったから、クロエラルートな気もするし。

……今の私は違うけど。

「アピールが足りないのかな？」

そう言ってクロエラは顔を近づけてくる。

わわわわわ！

クロエラの綺麗な顔が目の前に！

顔が自然と赤くなるのを感じる。

「ク……クロエラ先生……」

まままままずい。

何がまずいか良くわからないけれどこれ以上近づかれるとまずい。

私が思わずぎゅっと目を瞑ると、ふふっと笑い声が聞こえた。

「ばーか」

目を開けると、いたずらが成功した子供のように笑うクロエラがいた。

「騙された！」

なんだかすごく悔しい！

私が怒ると、クロエラは頬を挟んでいた手を離し、ポンポンと頭を叩く。

「まあまぁ。お前が変なこと言うから。でも意識してほしいのは本当だから。それにお前のために講師の予定を増やしたのも本当だ」

「……今のは、強引すぎませんか」

「そうだったな。でも俺はもともと貴族じゃないし、お前は貴族だし、なかなか難しいんだ。許してくれ」

「……マリエ様は平民ですよ」

「だからなんでここでマリエ様が出てくるんだ。まったく意味が分からない」

今度こそクロエラは私の頬をつねった。

「わーひどいです。乙女にこの仕打ち」

頬を撫でながらつねった男を睨むと、何のダメージもなさそうな顔をして笑っている。

「乙女ってなんだよ。それなら打たれ弱い男子に他の女の名前を出すのもひどいぞ」

「打たれ弱さまったく感じません」

「わーわーひどいひどい」

クロエラは泣く真似をした。その姿があまりにも似合わなくて、私も笑ってしまう。

ひとしきり二人で笑ったあと、クロエラはまじめな顔をして言った。

「講師については、もともと今年は魔法の才能がありそうな者が多いということで、魔法師団への勧誘も兼ねて引き受けたんだ。お前も十分才能あるよ」

クロエラは私が魔法の適性が低いことを気にしているのを知っていて、慰めてくれているようだ。

「黒の魔法に関しては、才能あふれている可能性がありますものね」

「期待しすぎだ」

クロエラはこつんと私のおでこを叩いた。

「とりあえず今日は基礎の基礎からだ。前も話したが、黒の魔法については徐々にやっていく。俺もまだ使いこなせているとは言えないし、謎が多すぎる」

「それでも教えてくれるのは、私がかなりできそうだからですか？」

「どんだけ自信過剰で生きてるんだよ。他の適性全部低いくせに」

「全部低いから一発逆転の夢が広がるんじゃないですか！」

「お前勉強してないだろ。何らかの魔法の適性が高い者は、全体的にまんべんなく適性が高いことが多い。逆も然りだ。しっかりしてくれまじで」

「失礼なことを言うのはやめてくださいまじで」

でもそうだったのか。

適性が高い人は全体的に何でもできるんだな。

マリエもそうだし、攻略対象者たちもゲームでは確かにどの魔法の適性も高かった。

クロエラも当然そうだ。

それに対抗する悪役令嬢だったら、私の適性も高くあるべきだったのではないだろうか？

私は恨めしい気持ちでクロエラを見つめる。ゲームバランスはどうした。

「なんだ急に見つめてきて」

「なんでもありません。基礎の基礎って座学ですか？」

「いや、黒の魔法は特殊だ。まずは、相手の魔力を感じ取ることから始める。とりあえず俺の魔力を流してみるから、感じ取れるように意識を集中するんだ」

そう言ってクロエラは私の手を取り、その上に自分の手を重ねた。クロエラの両手に挟まれている感じだ。

じっとしていると、クロエラの手のひらからこちらにじわじわ何かが侵入してくる感覚がある。

「うわ、気持ち悪い」

「え？　そういう感じ？　というかそんなすぐわかるのか？」

クロエラは驚いた顔をするが、その間にもどんどん侵入してくる。

自分の中に違う何かが入ってくる感覚が気持ち悪くて、手を離したくなる。

「わかりますよ。気持ち悪いですよこれ……離してほしいです」

「なんだか、自分の魔力がそこまで拒否されるのも傷つくな」

なんとなくテンションが下がった顔をしている。

「別にクロエラ先生を拒否しているわけじゃないですって」

「どちらかといえばかなり好ましく思っているわけですむしろ好きみたい」

「そこまでは言ってません」

適当なことを言ってくるクロエラだが、その顔は真剣だ。

黒の魔法は扱いが難しいのだろうか？

「クロエラ先生はどんな感覚でしたか？」

「俺の場合は、最初は意識を集中すると違和感があるという感じだった。何度かやっているうちにはっきりとわかるようになってきたけれど、かなりの集中は必要だ。うーん……これだけ魔力に対しての感覚が鋭いなら、黒の魔法の取り扱いには問題がないかもしれない」

「本当ですか？　やっぱり才能あったのかなミラクル」

「なんだミラクルって。さて、どうするかな……」

そう言ってぱっと重ねていた手が離れた。

急に離れた手が少し寂しくて、私は誤魔化すように手を撫でた。

「黒の魔法は、自分の魔力と他人の魔力を区別して使うものなんだ」

「区別がつかないとどうなるんですか？」

「イメージだが、相手の精神に影響を与えるために、自分の魔力を相手に潜り込ませる。そして、相手の内側から魔法を発動するような感じだ。区別がつかないと、相手の魔力の影響を自分が受けてしまう。それが反動となるようなんだ。区別がつかないほど影響を受けやすく、反動も強く出ると思われる」

「じゃあ、区別がつきやすい私は、人より反動が少なく黒の魔法を使える可能性があるということですか？」

私が期待を込めて質問すると、クロエラは迷うようなそぶりを見せた。

「あまりにも感度が高いと、それはそれで未知だから心配だ。調べさせてくれ」

「わかりました。そうしたら、今日はこのあとの授業は？」

「もともと魔力を感じ取るのに時間がかかると思っていたから、とりあえず今日の分までは終わりだ。それに次に進むには少し怖い部分もあるから、今日はこれまでだな」

「わかりました。だいぶ進みが早かったんですね。嬉しい」

ずっと劣等生だったから、できる人になったみたいで嬉しい。

私が喜んでいると、クロエラはまた手を重ねてきた。

「俺はもうちょっと魔力を感じる練習をしても良かったんだが……」

私はばっと手を離した。

「授業がおしまいなら、お仕事に戻ってください！　ただでさえ忙しいんですから。ちょっと差し入れ買ってきます」

私は赤くなりそうな頬を押さえて、カフェにおやつを買いに走った。

＊　＊　＊

学園が始まり一か月が過ぎ、すっかりクラスにはグループができていた。

マリエはそのままハリーと同じグループになったようだ。

しかし時間が過ぎるとそれが日常になり、周囲からの嫉妬はあるものの、嫌がらせ等は起きていない。

美少女とイケメン四人が集まっている姿はとても絵になる。

本当にスチルそのままだ。

私が日本人のままなら、ときめいただろう。

私は相変わらずローズと一緒にいることが多い。

あの魔法の授業からニコルとは仲良くなって、たまに雑談をするようになった。

ただ、他の攻略対象者からは相変わらず良く思われていないようで、私たちが一緒にいると遠巻きにちょっと睨まれているような気がする。

ニコルは気にするなと言ってくれるが、私は結構ビビっている。

でもニコルがいることによって、私がマリエの悪口を言っていないと証明することも可能に違いない。

ニコルは私のことを悪役令嬢とは認識していないようだし、魔法好き友達ってありがたい。いつも穏やかでのんびりとしたニコルといるとほっとするし、話も合う。

今日はニコルがお菓子を持ってきてくれたというので、放課後に一緒に食べる約束をしていた。

学園はカフェの他にも雑談できる場所が多く、頼めばそこまでお茶を持ってきてくれる。すごいシステムだ。

ちなみにローズは習い事があるとのことでいない。

でも、何となくニコルののんびりした感じが苦手で帰ったような気がする。

もちろんニコルの仲間の他の攻略対象者たちは、私とご一緒は無理なのでいない。

ニコルが持ってきてくれたお菓子は、アイシングがしっかりかかったカップケーキだ。

可愛いパステルカラーの飾りがたくさんのっていて、中にはクリームがたっぷり詰まっていた。

ちょっと戸惑うぐらい甘いそれを、ニコルはにこにこと食べている。

「これは他の方にも差し上げたんですか？」

「ううん。これはテレサと食べようと思って持ってきたんだよ」

「そうなんですね。女子が喜びそうな可愛いケーキですよね」

「そうそう、マリエ様だけは食べたそうにしてた。他の人たちはこれがすごく甘いって知ってるから食べたがらないんだ」

美味しいのにね、というニコルに笑ってしまう。

かなり甘いけれど、ダイエットさえ考えなければ美味しい。

「マリエ様も甘いものが好きなのかしら。……私はご一緒しても大丈夫ですよ」

正直関わりたいとは思えないが、ニコルとケーキを独り占めは良くない気がした。

しかしニコルは首を横に振った。

「魔法の話もしたいし、雑談も楽しいし、テレサと二人でいいよ。マリエ様は可愛いとは思うのだけど、何故あんなに皆が夢中なのかさっぱりわからないんだ」

ニコルはクリームを舐めとりながら首をかしげた。

私も首をかしげる。

ニコルはなんで今回マリエに夢中じゃないんだろう。

「やっぱり可愛いからじゃないですか？　あんな美少女見たことないです。お話はあまりしたことがないのですが、性格も良さそうですよね」

「うーん。僕はテレサのが可愛いと思うけど。それに話しててとっても楽しいし」

頬に手を当て、不思議な顔をしている。

砕けてきたのか、一人称が僕なのが可愛い。

私のこともいつの間にか呼び捨てだったが、ニコルののんびりとした雰囲気からか、嫌な感じもしない。

そして、魔法を教えた恩を感じているのか、ニコルはそうやって私のことを持ち上げてくれる。

もちろんマリエのが可愛いし、ニコルのが綺麗だ。

でもありがたいのでお礼は言っておく。

「ねえねえ、テレサは放課後クロエラ先生に魔法を教わるって聞いたけど、本当？」

小首をかしげる姿は、本当に愛らしい。

長髪と切れ長の瞳でミステリアスな雰囲気はあるけれど、喋ると本当に小動物のようだ。

でも話の内容は非常に良くない。

どこからばれてしまったんだ。

クロエラの教務室に行く時だってかなり気をつけていたのに！

私は大慌てで否定する。

「いえ、そんなことはないです！　教務室に行ったのだって全然！　お小言で呼ばれただけです！」

私の言葉にニコルは大笑いした。

「疑問形で言ってみたけど、父上から聞いたんだ。僕の父上はクロエラ先生と同僚なんだよ」

「えっ。そうだったんですね。良かった。……いや、良くない。ニコル様、お願いですからこのことは他の人には内密にしてください。クロエラ先生は人気だし、贔屓（ひいき）だと思われそうなので」

実際贔屓（ひいき）である。

「ふふふ。もともと誰にも言うつもりはなかったよ。父上から聞いたのも偶然だったし。……あ、秘密にしてたなら、逆にごめんね」

ニコルは私の必死の弁明に笑ったあと、急にしゅんとして申し訳なさそうに謝ってくれた。

私は他の人にばれそうな感じじゃなかったことにほっとする。

ニコルは他の人に言わないでいてくれそうだし、見られたわけでもなかったみたいだし。

「いえいえ大丈夫です。私、全体的に適性が低いので、クロエラ先生から魔法を教えていただけることになっているのです」

「……テレサは今のままでも十分すごいと思うけど。適性が低いのは残念だけど、それ以上に魔力の扱いが素晴らしいよ」

慰めてくれるが、私は黒の魔法を覚えてみたいのだ。

ニコルには話しておこうかな？　もしかしたら、何かあった時に適性の低さから黒の魔法を覚えているって証言してもらえるかもしれない。

でも、やっぱり黒の魔法のイメージは悪いのかな。クロエラも危ないから機密事項になっていると言っていたし……

迷ったが、ニコルなら大丈夫な気がして、結局打ち明けることにした。

「実は……他の人には内緒にしてほしいのですが、黒の魔法も教えていただくことになっているのです。他の属性の適性は変わらないですが、黒の魔法の適性があればいいなっていう気持ちがあって。それにもし黒の魔法の適性がなくても、少しでも魔法の幅が広がるかと思いまして……」

私の言葉に、ニコルは満面の笑みで手を握ってきた。

「素晴らしいよテレサ！　黒の魔法は規制が厳しいけど、とても有効なものだと思う。あまり賛成しない方もいるけれど、僕は大賛成だよ。実は最近僕も黒の魔法を学んでいるところなんだよ。とても取り扱いが難しい魔法だから、徐々にだけど」

なんと！　ニコルも黒の魔法の使い手だったんだ。

その設定は私の記憶しているゲーム部分では出てこなかったけれど、なんだか嬉しい。

「わー一緒ですね！」

「うんうん。テレサと同じだね。なかなか今は黒の魔法について言いにくいのに、教えてくれて嬉しいよー」

「私も嬉しいです！　まだ始めたばかりで、ちゃんと使えるようになるかはわからないですけど」

「そうだね、それは僕もだよ。でも、もし適性が低くても、覚えることによってきっと魔法の幅が広がるよね。それに、黒の魔法が使えるようになると、黒の魔法に対抗できるようになるんだよ。精神感応は危険だから、皆覚えたほうが身を守るためにもいいと思うんだけど……今の時代は難しいのかなあ」

ニコルは残念そうにしている。

覚えることで精神感応に対抗できるとは知らなかった。

もし敵になったら、黒の魔法の使い手であるクロエラに何をされるかわからないので、それは助かる。

「そんなに敬遠されるものなんですか？　すみません、不勉強で」

「いやいや！　授業ではそこには全然触れないもんね。……これはあまり大っぴらにできることではないのだけど、前に黒の魔法の使い手を何人も集めた貴族が、その力を使って大きな権力を手に入れようと暗躍したんだって」

「何人も集めてって……人を使えば使うほど危険は増えそうですけど、その貴族は自分では使わなかったんですか？」

「黒の魔法は反動が大きすぎるんだ。特に、相手のことを自分の意のままに操れるようになる精神感応は、使いすぎれば死んでしまうらしい。どの程度反動が出るかは、使ってみなければわからない。だから、その貴族は自分は大事な時だけ使用して、他の場面では他人にやらせていたんだろうね。実際何人も死人は出ていると思うよ。あまりやり方もうまくなく、王族はもちろん黒の魔法を覚える以外にもいくつもの対抗手段を持っていたらしいから、大事にはならなかったみたいだけど。でもその流れで黒の魔法の使い手で疑わしい者は処分され、そのあと、黒の魔法は厳重に管理されるようになったんだ。そして、反逆の意志ありと取られたくない貴族は黒の魔法を覚えなくなった」

「そんなことが……」

「でも、僕の祖父はその中で黒の魔法を覚えた変わり者だったんだよね。反逆の疑いをかけられるよりも、魔法を研究するほうが重要だったみたい」

ニコルは苦笑した。ニコルの祖父はニコルと同じタイプだったようだ。

「研究って楽しそうですものね。反逆と取られず良かったです」

「ただ自分は研究のために覚えたものの、やはり風当たりは強かったみたいで、最近まで僕には教えてくれなかったんだよ」

「……そうだったんですか。何故最近気が変わったのでしょうか？　ニコル様の才能に期待してですか？」

「ううん、師団長であるクロエラ先生が急に黒の魔法を覚えたいと祖父に教わり始めて、祖父の気も変わったみたい。クロエラ先生の黒の魔法適性はとても高いんだって。研究がはかどるって喜んでたよ。クロエラ先生には、魔法師団は対抗手段として黒の魔法を持っておくべきだ、との考えもあるみたい。クロエラ先生は好きじゃないけど、このことは感謝してるんだよね」

クロエラが覚えたがったからだった！　あと、ニコルはクロエラのことが好きじゃなかったのか。

この前の二人の空気悪かったもんね……

「これからは黒の魔法の使い手も増えそうですね！　面白い魔法が使えるといいな」

「うんそうだよね。今後に期待だ！　……でもテレサ、クロエラ先生には気をつけてね。テレサに馴れ馴れしすぎるよ」

ニコルが心配そうに言う。

「大丈夫だよ！　でもありがとう」

確かに今はストーカー気味ではあるけれど、きっと期間限定だから。

そして今日もクロエラとの黒の魔法の講義だ。

ニコルと別れた私は、クロエラの教務室に向かう。

ニコルから聞いた情報は大事だと思う。

黒の魔法を覚えることで、黒の魔法に対抗できるというのだ。

何かあるかもしれない私にとっては、切り札になるかもしれない。

それを、その時は敵対するであろうクロエラから教わるんだけど……

クロエラと敵対かあ……勝てる気がしないな。

気にするのはやめよう。

主人公の邪魔はしていないのだから、そのまま二人はハッピーエンドだ。

中に入ると、不機嫌な顔をしたクロエラがいた。

「お仕事忙しいんですか？　眉間にしわが寄ってますよ。寝てますか？」

「今日はだいぶ仕事が片付いている。この綺麗な部屋を見たか？　遅かったな」

確かに今日は心なしか片付いている。それのどこが良くなかったのかわからない。

「時間まで少しあったので、邪魔しないようにニコル様と雑談してたんです」

「ニコル様と？」

クロエラは睨むように目を細める。

おっと。

流れでニコルと黒の魔法について盛り上がったことまで話しそうになってしまった。

危ない。大っぴらにするなと言われていたんだった。

「そうです。ただの雑談ですわ」

私はすました顔で伝える。

何故かちょっと緊張感がある。

ううう。ストレスだ。何か飲み物が飲みたい。

「先にメイドさんに飲み物を頼んでもいいですか？」

「来てすぐに飲み物とはなかなか大物だな」

クロエラは嫌味を言ってきたが、素直にメイドさんを呼んで頼んでくれた。

ここら辺はさすが紳士だ。

とりあえずお茶を飲んで落ち着いた。クロエラの顔も先ほどよりは和らいでいる。

綺麗な顔が不機嫌だと怖いことがわかった。

落ち着いたところで、授業に移ることになった。

「今日は何をするんですか？」

「黒の魔法は自分でも使ってみているが、基本それ自体が危険なものが多いな。他の魔法で反動があるものはほとんどないし。適性を見るのにちょうど良い魔法が少ないんだ。迷ったんだが、高位の魔法で危険がなく反動がないものってことで、召喚にしようと思う。俺もまだできないけど」

「クロエラ先生もできないって、ほぼ不可能じゃないですか？」

「適性の高さはもちろん関係あるが、黒の魔法には想像力と魔力の使い方もかなり影響するようだ。

普通の魔法と違うところだな。テレサは魔力の使い方に長けているし、資料が残っているものは物騒なものが多いんだよな……。実際反動に対しては、俺でもかなり厳しいものがあったし」

クロエラは反動を思い出しているのか、険しい顔をした。

魔法師としてこの国の頂点にいるクロエラの言葉だ。ここは大人しく従っておくほうがいいだろう。

でも話を聞けば聞くほど、黒の魔法は使い勝手が悪そうだ。

使えるからと言って重宝がられる感じもないし、習得しても危険な目に遭わなければ活躍しない気もする。

ある意味、目的通りともいえるけれど。

まあ、とりあえずやってみないとわからないか。私はやる気を出した。

「どういう形であれ、黒の魔法自体はお前にはなるべく早く覚えてほしいと思ってる」

「そんなに向いてそうですか？」

「違う」

クロエラは呆れた顔をして、こめかみを押さえた。

私ができる子だからじゃないようだ。

やっぱり忙しいからかな？

そう思っていると、クロエラは意外なことを口にした。

「最近、ちょっと変な動きがあるんだ。まだ生徒に話は伝わっていないだろうが、そのうち噂で広がると思う。学園の生徒で、暴力的になったり、妙なことを口走ったりする者が出ている」

ここで、クロエラは思わせぶりにいったん口を閉じた。

「……これは瘴気にあてられている者の症状に似ている」

「瘴気ですか？」

瘴気とは、人が生きている限り生まれてしまうものだと授業で習っている。

瘴気があるために魔物が生まれてしまうという。

じゃあ人間がいなければ魔物が現れないのか？　と言われればまた違うらしく、難しい。

うーん。瘴気にあてられるってなんだっけな……

「そんなあからさまになんだっけって顔をするなよ。馬鹿だと思われるぞ」

「頭の作りが残念なのは真実です」

「そういう時は知っていますっていう顔をするか、素直に質問しておけ。下に見られるとあとから取り戻すのは大変なんだからな」

「クロエラ先生でも下に見られることなんてあるんですね」

私が驚くと、クロエラは当然だという風に頷いた。

そういう中にいるから、普段は冷徹キャラになっているのだろうか。

それはそれとして瘴気とは……

私がやっぱり思い出せないでいると、クロエラが親切にも説明してくれた。

「瘴気というのは人の悪意や負の感情が魔素と混ざったもので、溜まっている場所に行くと、瘴気にあてられてそういう症状が出るんだ。淀んだものだからか、人間の精神が影響を受けてしまうんだな。だから瘴気が溜まってしまったところに行く場合は、そういうものに対抗できる魔法使いや魔導具を用意していかないといけない」

「そうなんですね……。学園にそんな場所があるとしたら、生徒は危険ですね」

「そうだ。できるだけ早く原因を突き止めたいが、まだまったくわかっていない。瘴気の溜まっている場所の特定すらまだできていないんだ」

クロエラは悔しそうに言った。クロエラの忙しさは、どうやら普段の仕事だけではなく調査の関係もあるようだ。

「でも、それと黒の魔法に何の関係が？」

「瘴気なんて急に溜まるものじゃない。それに、これは人為的な感じがする。瘴気は学園のように人が多いところに溜まりそうなイメージがあるが、実際はそんなことはないんだ。森の奥や廃屋のような動きがない場所に溜まることが多いんだよ。瘴気を操るなどという話は聞いたことがないが、もしできるとしたら黒の魔法だろう。そんなことができる奴は、精神感応を使うことにも躊躇がないかもしれない」

「誰かの仕業ってことですね……怖いです」

これがゲーム中の戦いの正体なのだろうか。

身体が震えそうになるのを、ぎゅっと腕を掴み抑える。

そんな私の仕草に気がついたのか、クロエラが安心させるように笑いかけてきた。

「詳しい仕組みはまだわからないが、黒の魔法を覚えれば黒の魔法に対抗することができる。多分だが、黒の魔法の鍛錬によって自分の魔力が影響を受けにくくなるんだ。だから、お前はそんなに心配しなくても大丈夫だ」

「そういうことなら、もし適性がなくても覚えたい気持ちが強くなりました。ありがとうございます」

急いで覚えろということは、心配してくれてるのかな？　なんだか嬉しい。

それに、やっぱりクロエラも黒の魔法を覚えると対抗できることは知っているんだな。

「でもそれって、誰も黒の魔法を使っていない中、悪い人が黒の魔法を使ったら大変なことになりませんか？」

「さすがに対抗策はある。だが、その方法は機密事項となっている。そんな甘いことにはなってないから安心しろ」

「それはそうですよね……。国の上のほうの人が操られたら大変なことですもんね」

クロエラは大きく頷いた。

「黒の魔法が関わっている確証もないし、もちろん学園側も早く調査を行うことになっている。大丈夫だとは思うが、犯人に狙われるかもしれないから、人がいないような場所にはできるだけ行かないほうがいいだろう。気をつけてくれ」

「なるべく人のいないところへは出歩かないようにします」

「そうしてくれると安心だ。では、とりあえずやってみよう。これからやる召喚には、特に広い場所は必要ないからここでやろう」

そう言うとクロエラは私の手を取り、自分の手のひらの上にのせた。

「ううう。失敗からのスタートはやる気が出なくなる気がします」

「まず適性を調べるんだからいいだろう。とりあえず高難易度のものを先にやっておいて、あとはともかく反動が少ないものから試していこう。その時の反動は対策を練るから、そこまで心配しなくていい。と言っても、俺も心配だからなかなか決めかねているんだが。使える人が少ない上に、資料自体も少ないんだ」

「反動は確かに怖いです」

「この魔法には干渉する相手がいない。だから反動がないんだ。とりあえず感覚を掴む意味もあるし、やってみるにはいいと思う」

そこまで言われると反論のしようがない。

私はテンションが下がりつつも、返事をした。

「わかりました。どうすればいいか教えてください」

クロエラは私の手にのせた自分の手から魔力を流してきた。

やっぱり慣れないせいか気持ち悪い。

「魔力を集めるところは同じなんだが、黒の魔法はなんていうかな……魔力を薄めたり濃くしたりして使う感じだ。さっき流し込んだのは薄めた魔力で、これから使うのは濃くした魔力だ。俺の魔力に意識を集中してみてくれ」

私の中に入ってきている魔力の雰囲気が少し変わったのがわかる。ただ、濃度が変化しているかどうかはわからない。

「感じが変わったのはわかりますが、どう変わったのかはわかりません」

「とりあえず魔力の変化を感じ取れるのなら大丈夫だ。自分の魔力ならより違いがわかるだろう」

「うーん……薄めたり濃くしたりというのは、魔力に水を混ぜるようなイメージですか？」

「水ではないな……そうだな、自分を混ぜるような感じだ。自分のイメージを魔力と混ぜる。今回のように濃くする時はその濃度を高くするだけ。混ぜたあとにぎゅっと圧縮するんだ」

「……やってみます」

うーんイメージが難しいな。

自分って何だろう？　自分の中の血を意識すればいいのかな？

私の中を流れているもの。

それに、今の身体にある魔力を混ぜていく。

魔力は身体全体に広がり、私の一部になる。それをまた中心に集めてぎゅっと圧縮していく。

今までの魔力とはちょっと違うものになったような気がする。

これでいいのかな？

「イメージしました」

「そうしたら今度はその魔力を使って、自分の意思に従う従者を作るんだ。形はなんでもいい。イメージしやすいものだ」

従者。

その単語で、一つ思い当たった。

この世界の元であろう乙女ゲームに出てくるキャラクター、ピピだ。

ピピはゲームのマスコット的な存在の、制服を着た喋る人型のうさぎだ。

うさぎ本体の色はピンクで、学園の制服に似た服を着ている。制服の基本のデザインはほぼ同じだけど、首元にはピンクのリボンをしていて、短いスカートの後ろからは白い尻尾が出ている。

そして何故か右手には可愛いハートのステッキを持っていた。特に使っているところは見たことがないが。

ゲームの助言をしてくれたり、好感度を教えてくれたりするお助けキャラでもある。

イメージもはっきり湧くし、助言も欲しい。ぴったりだ。

それに、ただ存在自体がすごく可愛い。

ピピをタッチすると嫌な顔するのが好きだったな。

懐かしい気持ちでピピを想像する私に、クロエラの声が響く。

「そのイメージに濃くした魔力を流し込む感じだ。ここは人によって違うようだ。ともかくイメージを魔力で動かす感じだ。できたら、召喚、とだけ」

動力みたいな感じなのかな？

うまく想像できなかったため、自分の魔力を粘土のようにピピの形に整えて、最後にえいっと電源スイッチを入れるようにイメージした。

『召喚』

呪文を唱えた途端、ぱっと目の前にイメージ通りのうさぎが現れた。

何故か宙に浮いているが、確かにゲームの時も画面の真ん中にいた。

ピピが宙に浮いたまま、そのつぶらな瞳をぱちぱちと瞬いた。

ゲームと同じその姿に、私のテンションは一気に上がった。

「わ！　できた！　わーピピだ！　現実になってもすごく可愛い！」

私が指でえいえいとピピの頬をタッチすると、ゲームと同じように嫌な顔をしつつ、されるがままになっている。

うわわわ。

本当にそのままだ。

可愛すぎる。

ピピは嫌な顔をしたまま、棒読みの声で嫌がる。

『やめてよー』

「やめないやめない。えいえいえい。声も同じだねえ。うふふふ。かーわーいーいー」

『やめてよー』

「やーだーよー」

すごく楽しい。

こういうのって何故か延々やっちゃうんだよね。何度やったところで別の反応を返してくれるわけでもないのに、癖になってしまう。

「……おいおい」

私がピピで楽しんでいると、クロエラは呆然とした顔をして呟いた。

ぽかんとした顔すらも整っている。むしろどうなったら崩れるんだろう。

なんだかすごく悔しいのでピピをつついて癒されよう。

「なんでしょう？　今とてもいいところなのです」

「いやいやいや、何普通に成功してるんだよ！　それになんだ、この得体の知れない生き物は！」

「得体が知れないって、ピピですけど……」

私が不満げに言うと、ピピもその短い手を上にあげて自己紹介をした。

『ピピだよ』

ピピ渾身の自己紹介をクロエラはスルーした。

「まじでなんなんだこれ……それになんで喋るんだよ」

「え？　普通は喋らないんですか？」

ピピが喋らないとか違和感しかない。大体しゃべらない場合、助言はどうするのだ。

「資料がないから詳しいことはわからないが、俺が教わった方は召喚したものが喋るとか言ってなかったぞ……」

クロエラは不審がっているのか、ピピから多少距離を取りながら眉を寄せた。

「うーん、ピピは喋るものっていうイメージだから違和感なかったんですが、資料不足とかでしょうか？　それよりも見てください！　成功です！」

ふふふんと自慢げな気持ちでクロエラを見る。やっぱりテレサには黒の魔法の適性があったんだ。

ゲームの知識とはいえ、ナイスだ私。

クロエラもできない魔法だなんて、もっと褒めていいよ！

「なんか規格外すぎて、なんて言っていいか……」

「えー褒めてくださいよ。私、今まで魔法はずっと適性もなく才能もなく、全然褒められたことないんですよ。適性があるのって初めてなんです」

私がぷーっと膨れて言うと、クロエラは驚いた顔をしたあと、笑ってくれた。

「確かにお前は魔法の適性がないもんな。他の才能はたくさんありそうだから忘れてたよ。上出来だ」

しっかり褒めてくれて、自分で要求したことなのに照れてしまう。

記憶では本当にずっと魔法で褒められたことはなく、悲しかった覚えしかない。

最近はニコルも褒めてくれるけど、やっぱりクロエラに褒められるのはすごく嬉しい。

「えへへ……ありがとうございます。嬉しい」

なんだか照れくさくて、手を握ってにやにやを押し殺す。

そんな私に更にクロエラは言葉を重ねた。

「うんうん。お前はすごいよ。いつもお前にはびっくりさせられるし、話してても楽で盛り上がるし、一緒にいてこんな楽しい奴はいない」

「あれ。なんか褒めすぎじゃないですか」

うわわ。恥ずかしい。

どんどん褒めてくれるクロエラに焦ってしまう。

「俺は隙あらばアピールすることに決めたんだ」

にやっと笑うクロエラは自信たっぷりで、それはそれはかっこ良かった。私を惑わすのはやめてほしい。

もし、もしこの学園を何もトラブルなくやり過ごせたら……

いやいや、こういうことを考えると油断しちゃいそうだ。

クロエラルートだったら、これでマリエと三角関係になってしまったりする可能性だってある。

そう思うのに、顔が赤くなっていくのを感じる。

駄目だ駄目だ。ピピを見て心を落ち着ける。うさぎ可愛い。

「急にアピール挟んでくるのはずるいです。……ええと、これはピピですよ。うさぎです。えいえい。ほら、触っても危なくないですよ」

私が先ほどと同じようにピピをつついて見せると、クロエラもおそるおそるピピに触れた。

ピピは同じように嫌がってみせる。

『やめてよー』

「俺も触れるんだな……」

クロエラは信じられないような顔をして、自分の手を確かめる。

「触れますよね！　クロエラ先生のことは嫌がってますけど。うさぎだからかふわっふわですねえ」

ゲームでは手触りまではわからなかったけど、本当にふわふわだ。触っているだけで癒される。

嫌な顔はするけれど。

クロエラもまたピピに手を伸ばす。

「お前も嫌がられていただろ、見てたぞ。うーん本当にふわふわだな……。それにこれ、なかなか消えないな」

「普通はすぐ消えるんですか？」

「いや、召喚に関してはほぼ資料がないしわからないが……。でも通常の魔法は、定着させない限りはそんなにもたないんだ。黒の魔法は不思議だらけだな」

クロエラは首をひねっている。

しかし、その間もピピを撫でているので結構気に入ったようだ。

「うーん。ちょっと聞いてみます」

「誰にだ？」

「もちろんピピにですよ。ねえねえ、なんでピピは消えないの？」

『ピピはテレサの魔力でできてるからだよ！　ピピは相性占いと好感度チェックができるよ！』

「なんだ好感度チェックって」

「うわ。クロエラ先生、それは気にしないでください」

そこまでゲームと同じなのか。それとも私のイメージのせい？

クロエラは若干引いた声だ。

好感度チェックでどのルートかわかるんだよね……

とりあえず今はやめておこう。クロエラを盗み見すると、訝しげな顔のままピピを見ていた。

「俺とテレサの相性は？」

「うわーーーーー」

何勝手に聞いてるのこの人！

慌てる私をよそに、ピピの可愛い声がする。

『クロエラとテレサの相性は……じゃーん！　九十パーセントだよ！　あと少し！　がんばれ！』

九十……。これはゲーム内であとは告白だけ！　という時のパーセンテージだ。

ゲーム内じゃなくて、私の魔法で現れたピピの言うことだから違うかもしれないけど……本当に？

いやいや、私の願望が現れてるのかも……って願望って！　それじゃ私がクロエラのことが好きだってことになってしまう。

あわわわわ。

どうしていいかわからずに慌てる私に、クロエラはにやりと笑いかけてくる。

「がんばれ、だってよ。すごい相性良いな俺とお前！」

「いやいや。ピピの言うことを信じないでください」

「でも悪いよりずっといいじゃないか」

「まあそうですけど……」

なんだか妙に意識してしまう。これは乙女ゲームじゃなくてリアルで、私は悪役令嬢なんだからしっかりしないと。

「ピピだっけ？　お前はいつまで具現化していられるんだ？」

クロエラはピピをつつきながら質問している。

『やめてよー。ピピはテレサの魔力でできているから、テレサの魔力がなくなるまではずっといるよ！』

「魔力はどれぐらい持つ感じかわかるか？」

『ピピが使ってる魔力より、テレサの魔力の回復のが早いよ！』

「まじか……。ピピは何ができるんだ？」

『相性占いと好感度チェックができるよ！』

「他には？」

『他にできることはないよ！』

「どうなってるんだまじで。なんだテレサ、できることが相性占いと好感度チェックのみって……。お前そんなことに興味があったのか？　誰の好感度気にしてるんだ」

「ないですよ！　ピピがそういうキャラ設定なんですよー、私のせいじゃないです」

「設定ってなんだよ。こんな高性能っぽいもの呼び出して、中身がおかしすぎだろ。……ああもう、何もかもが謎すぎる。とりあえずもし誰かに見られたら厄介だ。帰ってもらえ」

ピピのことを気に入っているくせに冷たい言い方だ。

でも誰か入ってきたら大変なのは間違いないので、私は名残惜しい気持ちを押し殺し、ピピに質問した。

「ううう。ねえ、ピピ。また喚ぶから帰ってもらってもいい？」

『ピピはオンオフできるよ！』

「じゃあオフで」

『はーい！　またね！』

私がオフというとピピは消えた。オンオフの機能があるなんて本当にゲームそのままだ。

ただ、現実を生きるものとしては、確かにもうちょっと機能があると嬉しかったな……

残念な気持ちでクロエラを見ると、クロエラもこちらを見ていたため、目が合った。

存在が騒がしいピピが消えてしまったので、なんだか急に静かな感じがする。クロエラと二人だということを改めて意識してしまいそうになり、私は慌てて話題を振った。

「黒の魔法の適性があることがわかって良かったです。他の魔法も試しましょう！」

黒の魔法の適性がありそうなのだ。私はとてもやる気だ。

しかしクロエラはため息をついた。

「俺は何故かとても疲れたよ。まだ頭の処理が追いついていない感じがする」

クロエラはそう言って、えいえいと今度は私の頬をつついてきた。

「私はピピじゃありません。やめてください」

「そこはやめてよーじゃないんだ」

「やめてください」

「冷たすぎる」

なんだかクロエラがとても疲れているので、いったん休憩にすることにした。

魔導具で呼んだメイドさんが淹れてくれる紅茶は、安定の味でとてもあったかくて美味しい。

クロエラの部屋の小さなテーブルで、二人で向かい合って紅茶を飲む。

今日はクロエラがクッキーを用意してくれていた。甘いものはついつい食べてしまうが、クロエラは見ているだけで手を出そうとしない。

「ダイエット中ですか？」

「俺にダイエットが必要だと思うか？」

「ダイエットは必要なさそうだけど、今の返しはとても嫌味な人だとは思っています」

私が抗議すると、クロエラも笑ってクッキーを食べ始める。

その時、コンコンと扉をノックする音がした。

「クロエラ先生、質問良いですか？」

「とりあえず入ってくれ」

マリエの声だ。クッキーを食べつつ扉のほうを見ると、マリエが遠慮がちに部屋の中に入ってきた。

「あれ？　テレサ様……？」

揃ってお茶している私たちをびっくりした顔で見ている。

私は手にしたクッキーを急いで置いて、紅茶で流し込んだ。そして慌てて立ち上がり、何事もなかった顔で挨拶をする。

「こんにちはマリエ様。私もクロエラ先生に質問がありいていたところです。ちょっと話が長引いてしまったので、今はちょうど休憩させていただいていたところでした」

マリエには個人授業のことを知られたくない。

マリエは私の言葉を信じたようで、申し訳なさそうな顔をした。

「そうだったのですね、邪魔してすみません。またあとにしたほうがいいですか？」

「授業に対する質問か？　今聞いてしまおう」

クロエラが先生モードになる。

うーんお邪魔かもしれない。相変わらず傍から見てもとても絵になる二人だ。

こんな何気ない光景だけで良いスチルになりそうだ。

「クロエラ先生、お忙しそうなので私はそろそろ……」

「大丈夫だテレサ様。すぐ終わる」

そのクロエラの言葉を聞いて、マリエは悲しそうな顔をする。そして、そのまま私のことを見た。

あー邪魔者はすぐ去ります、そんな目で見ないで。

「いえ！　私はいつでも暇なので、また空いてる時にお声がけいただければ」

私はマリエに悪印象を与えないよう、急いで退出することにした。

「テレサ様。クロエラ先生とのお話は大丈夫だったんですか？」

マリエは首をかしげてそう言う。

「ええ。あらかた質問は終わりましたので」

私がそう言うと、マリエは満足そうに笑い、クロエラの服の裾を握った。

「クロエラ先生、私にもお時間取っていただけますか?」

上目遣いでマリエがそう問えば、クロエラも頷いた。

それ以上見たくなくて私が扉のほうに向かうと、ぴょこっとニコルが顔を出した。

「テレサ、僕も来たよー。何もされてない?」

ニコルは扉の隙間から顔を出したまま、楽しそうな様子でひらひらと手を振ってくる。

「わーびっくりした。もう、何の心配ですか。講義はちょっと進んだから、あとで報告します!

ニコル様も質問? それともマリエ様の付き添い?」

「ううんどっちも違うよ。テレサが心配だなって思ってたら、ちょうどマリエ様がクロエラ先生に用があるっていうから一緒に来ただけ」

「何ですかそれ。もしかして、さっきの本当に心配してたんですか?」

私が驚いていると、ニコルは小首をかしげる。

「そうだよう。じゃあ終わったならとりあえず戻ろうか。せっかく早く終わったなら、カフェでケーキでも食べよ」

「ケーキ! それは食べたい」

「おごってあげるから好きなの食べよう! さっき言ってた進捗の報告してよ!」

ニコルの魅力的な提案に、私はすぐさまカフェに向かうことを決めた。マリエへのライバルではないアピールも大事だ。

「じゃあ、今日は失礼いたします。クロエラ先生、ありがとうございました」

「さよならテレサ様、ニコル様。ケーキ美味しいといいですね」

にっこりと笑ったマリエに手を振られる。私も笑って手を振り返す。

「テレサ様」

「今日は本当にありがとうございました。またご教授いただけると嬉しいです。よろしくお願いいたします」

突然のニコルの登場に驚いた様子のクロエラが何か言う前に、礼をしてすぐに外に出た。

失礼な態度なのはわかっていたが、今日はもう先には進まなそうだったし、マリエは私のことを邪魔そうにしていたので、これで正解だと思いたい。

「じゃあ行こっかー」

なんだかニコルはとても平和だ。楽しそうにカフェに向かって先導してくれる。

マリエはクロエラのことが好きなのかな。

やっぱりこれは、クロエラルートなのだろうか。

私は……

いや、ここはケーキだ。きっと、ほぼ食べ損ねたクッキーのせいで気持ちが暗いんだ。

私はマリエの視線を忘れるために、カフェのケーキのメニューを思い浮かべた。

授業が終わってしばらく経ったが、カフェはまだ学生たちで賑わっていた。

ショーケースに並ぶケーキはどれも美味しそうで、私はニコルに笑われながらも真剣に吟味した。

結局散々迷って安定の苺のショートケーキを注文し、私とニコルはテラス席に向かった。

「あんまり話を聞かれないところがいいよね！　今日ならテラス席かな。ふふふ。なんだか密会みたいだね」

そう言って笑うニコルは、グレーの長髪と相まって本当に怪しげな魅力だ。中身はふわふわ系なのに。

テラス席は、晴れている日は学園の庭が見えるためとても人気だが、今日は曇りのため室内の席よりも人はまばらだった。

私たちは周りに人がいない端の席に着いた。

「天気は悪いですが、風が気持ちいいですね」

「うんうん。本当にこのカフェはいいところにあるよね。僕もうちからお菓子を持ってくることも多いけど、ここのカフェも良く来るよ」

「ニコル様はお菓子が好きですね」

「そうなんだよー。ご飯はいらないから三食全部お菓子がいいなあ」

駄目な女子高生みたいなことを言う。

黒の魔法の詳細については機密事項らしいので具体的には話せないが、お互いのなんとなくの進捗を話す。

「なんと魔力の感度が高いみたいです！」

私が自慢げに言うと、ニコルは素直に喜んでくれる。

「わーそれはいいね！　魔力の感度も高いし、イメージの精度も高いテレサは、何か作るのに向いてたりするかなあ」

「私、最近魔導具にも興味あるんですよね。きちんと勉強して、趣味でもいいから作れたらなーって思います」

「僕も協力するよ！　基礎的なことなら一通りわかるよ」

さらっと高スペックな話だ。

「嬉しいです！　なので……黒の魔法についても、使えそうです。多分ですけど、黒の魔法への抵抗力も得られそうって感じでした」

「うんうん。反動はちょっと大変だけど、クロエラ先生がついてるから問題なく覚えていけると思うよ」

「やっぱりニコル様でも反動は大変なんですか？」

「他の魔法と違うから、やっぱり大変だったよ。まだ大技は試す気にはなれないかな……」

「反動、すごい危なそうですよね。反動を最小限に習得できたらいいのに」

「方法はなくはないんだろうけど、ちょっと研究中かなあ。テレサは無理しないでね」

黒の魔法の話題は大っぴらに話せないため、周りに人がいないとわかっていても自然と声が小さくなる。

そしてケーキが届き、いったん中断になった。

大きい苺がのったふわふわのショートケーキはそれだけで食欲をそそる。ニコルはチョコレートケーキを頼んでいた。二人とも飲み物は紅茶だ。飲み物には本当に他の選択肢はないのだ。その分紅茶の種類は豊富だけど。

もちろんジュースの類はあるが、私はケーキには日本茶か紅茶かコーヒーがいいので除外だ。

「苺っておいしい……。それにここの生クリームも本当に美味しいわ」

ひと口ほおばると、甘い生クリームとさわやかな苺の酸味が広がる。

カフェはローズとたまに利用しているが、本当にハズレがない。まだ全種類制覇できていないほど種類も豊富だ。

噂によると、季節によってかなり種類が入れ替わるらしい。夢の世界だ。

「テレサもお菓子が好きなんだね。美味しそうに食べるなあ」

「そうですね、先ほどニコル様にいただいたカップケーキも美味しかったですし。何気に今日二回目ですねケーキ。ここのカフェってどれも美味しいですよね。おごっていただいてありがとうございます」

「いいよいいよ。いくらでも食べてよ。僕のケーキも半分食べる？」

ニコルの魅力的な提案があり、それでもカロリーが気になるのでひと口だけもらった。

「ううう。こっちもすごく美味しい……」

いくらでも食べられそうな味が恐ろしい。

私がここのカフェの魅力に慄(おのの)いていると、近くに人の気配がした。

「あれ？　トマス何してるの？」

ニコルの声にそちらに目を向けると、ちょっと離れたところでトマス・デモンがじっと立ってこちらを見ていた。トマスは平民だが頭が良く、マリエと同じ特待生枠で入ってきている。

もちろん攻略対象者だけあって、ちょっと幼い感じが可愛いイケメンだ。

ニコルが声をかけると、険しい顔をしたままずんずんとこちらに近づいてくる。

さすがに無視するわけにはいかないと思い、私はスカートを持ち挨拶をした。

「こんにちは、トマス様」

立ち上がり挨拶をしたのに、トマスは赤い目を吊り上げて怒った顔をしている。ニコルと喧嘩でもしているんだろうか。

あまり接点を作らないほうがいいと思い、にこりと笑いかけそのまま席に座った。

そして私はケーキの続きを食べることにした。

美味しい。

「おいお前」

自分は関係ないと思いケーキを食べていた私の顔を、トマスが覗き込んできた。

その声は怒気を含んでいるように思えて戸惑う。

「え？　あ、なんですか？」

慌ててフォークを置く。改めて向き合ったトマスは、明らかな敵意を私に向けていた。

「お前、マリエを虐めているらしいな」

はっきり私のことを見てトマスは言ってくるが、まったく身に覚えがない。

でも、確かに向けられている怒りに気持ちがざわざわする。

どうしよう。こんな急に悪役令嬢扱いされるなんて。

これがゲーム補正とかいうやつなの？

やっぱり攻略対象に近づきすぎたから？　でも、マリエとはまったく関わっていないのに……

なんとなくゲームの世界の流れとは違う気がしていたし、マリエと関わらなければ少なくとも悪役令嬢にはならないと思っていたのに。

油断してた。

どこが良くなかったんだろう。

どうしよう。でも何もしてないのに。

パニックになりかかっている私を庇うように、ニコルがトマスとの間に割って入った。

「どうしたんだトマス。テレサはそんな人じゃないよ。テレサが怯えてるじゃないか」

ニコルの声も困惑気味だ。間に入ってくれたニコルを、トマスは睨むように見る。

「ニコルはテレサ嬢に騙されているんだ。この女はそういう女なんだ」

トマスは確信を持った声で言ってくる。何故こんな自信があるのだろう。

こわい。

「トマス。何を根拠にテレサを侮辱しているんだ。急にそんな言いがかりをつけるだなんて、君らしくないよ」

「ニコルも知っているだろう。マリエが止めるから俺は我慢していたんだ……。ハリー様ははっきり証言しているし、カール様もはっきりとは言わないけれど、その場面に遭遇しているみたいなんだ。ニコルがこの女と仲いいのは知っているけど、仲がいいからこそ、マリエをこれ以上かわいそうな目に遭わせないように言ってやってくれよ！」

トマスは悔しそうに言った。

何、それ。ハリーもカールもそう証言しているって。

疑いだけでなく、きちんとした証言があるということにぞっとする。

夢遊病みたいに、ゲームのシナリオに沿って無意識に虐めているの？

自分で自分を信じられない。ただでさえ、乙女ゲームの世界にいるのだ。

何があっても不思議じゃない気がしてしまう。

でも、意識ははっきりとしていたと思うし、記憶が飛んだ覚えもない。

ニコルにだってそんなこと言われたことない。ニコルはそういうことをきちんと注意してくれそうな人だ。

大丈夫。

何もしてない。

クロエラだって、何も言っていなかった。

そう自分の気持ちを奮い立たせ、トマスに質問する。

「申し訳ありませんがトマス様。私には本当に思い当たることがないのです。どうか状況を教えていただけませんか？」

私が下手に出ると、トマスはびっくりした顔をした。しかし、そのあと思い直したように首を振ると、厳しい顔を向けてきた。

「マリエが言ってたんだ。テレサ様はクロエラ先生が好きで、授業でマリエがクロエラ先生に教わっているのを妬まれているって」

確かにマリエはクロエラ指名でお手本の役をやったり、授業でたびたび個人指導を受けたりしている。でも、私はそれを妬んだことなどないし、そういうことを口に出したこともない。

「何かの誤解ではないでしょうか。私にはそもそもクロエラ先生を好きとかという気持ちはありません。マリエ様に嫉妬の気持ちを感じたこともありません」

そんなことで誤解されて悪役令嬢にされるなんて嫌だ。そう思いきっぱりと告げる。

「そうだよトマス様。テレサはクロエラ先生なんて好きじゃないよ。ねー」

ニコルも同意して私ににっこり笑いかけてくれる。良かった。ニコルは味方みたいだ。

「そうです。私はクロエラ先生のことは好きじゃありませんし、マリエ様のことを虐めたりしたこともありません」

「嘘をつくなよ！　マリエは泣いてたんだぞ」

トマスは私をかばうニコルのことも苛立たしげに見ている。

「トマス、僕はテレサがそういうことをしない人だって知ってる。でもそうだね、ハリー様とカール様も揃って証言しているとなると……気になるな」

そう呟いて、ニコルはちらりと私を見た。

そうだよね、怪しいよね。親友とも呼べる仲間たちがはっきり虐めていると言えば、そっちを信じるよね。

当然だ。

当然だと思っているのに、すっかり悲しくなってしまった私の目からは涙があふれてきた。慌てて持っていたハンカチで涙を拭う。

「わーテレサテレサ。泣かないでよう」

「大丈夫。泣いたりしてすみません。ニコル様が疑うのも仕方ないですから、気にしないで」

私が笑顔を作ってそう言うと、ニコルは慌てだした。そして優しい仕草で頭をそっと撫でてくれる。

「違う違う！　テレサを疑って気になるって言ったわけじゃないんだ。でも、二人とも勘違いしているというのもおかしいし、何かあるのかなって思ったんだ」

その言葉に、また涙が出てくる。ニコルは優しい。そして私は疑わしい。

「どういう状況だったか教えてよ」

ニコルは私の背中をぽんぽんと優しく叩きながら、トマスに尋ねる。トマスは私のことを気にするようにちらりと見たあと、ため息をついて話し始める。

「その女がクロエラ先生に付きまとっているから、マリエが見かねて注意したらしいんだ。そうしたら嫌がらせを受けるようになったと言っていた。教科書を隠されたり、嫌味を言われたり、些細なことだけど積み重なって、マリエはどんどん鬱々（うつうつ）とするようになったんだ」

「私はクロエラ先生に付きまとっていないし、そんなことしてないわ！」

思わず反論してしまう。

クロエラとだって、クロエラの業務が忙しいために個人授業以外では会っていない。

「トマスはその場面を見ている？　僕は最近良くテレサともいるけど、クロエラ先生に付きまとってる感じはしないけどなあ。さっきもマリエ様が来たから個人授業も取りやめて、僕とお茶してたんだよ」

私に代わってニコルが冷静に質問してくれる。

「俺は言われて落ち込んでいるマリエを見ただけだ……。でも、この間マリエが足をかけられたところをハリー様が見たって言ってた。マリエは足をひねってしまって、かわいそうだったんだ」

その場面を思い出したのか、トマスは痛々しい顔をする。

それを見ながらニコルは首をかしげる。

「どちらかと言えば、テレサに付きまとっているのはクロエラ先生のほうな気がするけどなあ。マリエ様もさっきはテレサに怯えてる様子もなかったし」

納得いかない顔をしている。その様子にだんだんトマスの勢いもなくなっていく。

「俺も確かに見たわけではないけど、でも……」

「見たわけでもないのに、いきなりそんな態度は良くないよ。テレサはいい子だよ」

「でもマリエはそんな嘘つく人じゃない！　それにハリー様もカール様もだ。見てもいないことを見たなんて言わない」

「うーん。それは確かにそうだよねえ……。何か変な感じがするね」

「そうだろう？　……確かに俺は見ていないけど、それでも何もないとは思えない」

「そうですよね、私もそう思います……」

何がいけないんだろう。もちろん私は足などかけたりしないし、一メートル以上近寄ってもいない気がする。

誰か私に恨みを持っている令嬢が、私のふりをしてやっているのだろうか。または私にやらされていると言ったとか。

その線は大いにありえる気がした。

ゲーム内でもローズとは仲が良かったが、他にも取り巻きのような人とマリエを虐めているような場面があった。

今はまったく交流がないその人たちがやった可能性はありそうだ。

でも恨まれるようなことあったかな……。それこそクロエラの個人授業に気づかれたのかもしれない。どこかで見られてしまったとか。

それとも。

私は目の前の整った顔の二人を見る。

眉を寄せて悩んでいるニコルとは、最近すっかり仲良くしていた。

ニコルは当然人気だ、その恨みの線もあるかもしれない……

いや、でもそれだったら、私よりももっとマリエが恨まれていてもおかしくない。

そこまで考えてはっとする。

マリエを虐めて、私のことは貶める。

一石二鳥だ。

……ニコルとは距離を取るしかないのかもしれない。話すのはとても楽しかったけれど。

「ニコル様。私はそのようなことはしていないのは間違いないです。信じていただけて、とても嬉しいです。でもマリエ様のお気持ちもありますし周囲の目もありますから、私とは距離を取るのがいいと思います。もしかしたら、私とマリエ様二人を貶めるのが目的かもしれません。とても残念ですが……」

私がそう言うと、ニコルは怒った顔をした。

「嫌だよ！　僕はテレサはやっていないと思っている。そんなことのために、せっかく友人になれた君と距離を取るなんて考えられないよ！」

「ニコル様……」

危ない。また涙が出てきそうになる。

そんな私の動揺をよそに、トマスはニコルの隣に座った。

「このままじゃ俺も納得いかない。ちょっと話を聞かせてくれ。あとテレサ様、いきなり疑ってごめん！」

ばっと頭を下げたトマスにわたわたとしてしまう。

「ト……トマス様、頭を上げてください！　大丈夫ですから！」

「いや、良く考えたら急にこんな風に責めるなんて良くなかった。本当に申し訳ない」

私のことをまっすぐに見て、謝ってくれる。

「本当に、大丈夫です。誤解が解けて良かったです」

「いや、誤解はまだ解けてない。聞いてから判断する。また責めるかもしれないよ」

にやっとトマスが悪い顔をして笑う。そのいたずらな感じの笑顔にどきっとする。

危ない。

トマスに攻略されるところだった。

「と……とりあえず私、もう一杯紅茶をいただこうかな」

急に喉が渇いてしまった。私は近くにいた店員さんを呼んだ。

「いつものトマスに戻って良かったよ！」

「なんか急にカッとなってしまったんだよね……申し訳ない。俺も何か食べよう」

店員さんにトマスも紅茶とケーキを頼む。ケーキはチーズケーキだった。

ううう私も食べようか迷う。

「僕も食べよーっと」

ニコルもにこにこと今度はスコーンを頼んでいる。チョコレート入りのものだ。チョコレート好きなのかな。

私も誘惑に負けて、結局フルーツタルトを頼んでしまった。ここはタルト生地も美味しい。

ジョギングを始めるべきかもしれない……

主役級と違って、悪役令嬢は太ってても良さそうだから危ない気がする。

ケーキをつつきながら、割と和やかな雰囲気でトマスが切り出した。

「テレサ様は、マリエとはどういう接点があるの？」

「接点で言えば、クラスメイトというだけで他は何もありません。授業が終わってからも、ローズ様とこのカフェに来る時以外は割とすぐに家に帰りますし」

「そうかあ。じゃあ、クロエラ先生との関係は？」

「無関係です」

「いやいやテレサ様、今の流れで無関係はおかしいでしょ。さっきもさらっと個人授業って言ってなかった？　初日も仲裁に入った時、仲良さそうだったでしょ」

「そうだよ、クロエラ先生はテレサに馴れ馴れしすぎるよー」

二人はちょっと違うニュアンスで口々に言ってくる。無関係はさすがに厳しいようだ。

「関係というか、父の紹介で春休みに魔法の授業を個人的にしていただいたんです。その流れで、個人授業をしていただくことになりました」

「学園での個人授業もあるけど、テレサが強く望んだってわけじゃないもんねー」

「そうです。クロエラ先生がお忙しくて、個人授業も月に一、二回ですし。それも私から無理にお願いしたことはありません。授業の休憩としてお話を一緒にしたりもしますが、それぐらいだと思います」

「今もマリエ様が来たから遠慮して授業を途中で打ち切ったんだよ。そんなテレサが、マリエ様を虐めてたりクロエラ先生に付きまとってたりしてるって思えないけど」

「それはニコルにそう見せるためではないのか？」

「テレサが僕に気づいた時は、もう帰る時だったんだよ。クロエラ先生は帰らないように止めてたけど。マリエ様は質問があるとかで、そのまま僕らに手を振ってたよ」

話を聞いたトマスは、紅茶を飲んでため息をついた。

それから考え込むような仕草をし、黙ってしまった。

私は手持ち無沙汰になって、タルトに手をつけた。

タルトはフルーツがたっぷりで、キラキラしていて見た目も可愛い。サクッとしたタルト台も、しっかりとした甘さで美味しい。

私は甘いものは甘いほうが好きだな。

日本で流行っている甘さ控えめのものも美味しいけれど、甘いものを食べたという満足感があるほうが好きだと思う。

食べ始めるとついそっちに意識が集中してしまうようで、気がついたらニコルとトマスがぼそぼそと話し込んでいた。

あ、あれ？　仲間外れだ。食べるのをやめ、慌てて話に加わろうと身を乗り出す。

「すみません。ちょっとぼんやりして……」

私が取り繕ってそういうと、トマスはぶはっと吹き出した。

「それは無理があるんじゃないか？　タルトに夢中だったたって言えよ」

ばればれだったようだ。恥ずかしい。

「ここのタルトが美味しすぎてつい。お話し中に申し訳ありません」

「いやいや、俺も急に申し訳なかった。話ができて良かったと思う。ニコルと話してちょっと気が変わった。今のところ確かなことは言えないけど、しばらくは我慢してほしい」

「しばらくは我慢とは……？」

「テレサは心配しないで。こっちの問題でもあるから。困ったことがあれば僕に言うんだよー。トマス二号がやってきて文句言ってきたとかー」

「二号ってなんだよ。でも、そうだな。何かあったらすぐニコルに言ってくれると助かる」

二人が言っていることがいまいちわからないので、曖昧に頷いておく。

いつの間にか二人も食べ終わっていたようで、よくわからないまま解散となった。

トマスの誤解は解けたから、とりあえず危機は去った……と思えばいいのかな？　ニコルも終始私の味方という姿勢でいてくれた。とても嬉しい。

最後の二人の会話は聞き逃してしまったし、なんだか解せないものはあるものの、気分としては悪くない。


私は二人と別れたあと、帰りの支度をするために教室に戻ることにした。

その途中でクロエラの教務室の近くを通る。

マリエを避けるためだとはいえ、時間を割いてもらったのに強引に帰ってしまったことが思い出された。

急に罪悪感に襲われる。

クロエラを嫌いなわけではないのだ。

主人公と攻略対象の邪魔をするのは避けなければいけない。私は悪役令嬢にはならないのだから。

でも、二人の間に割って入るなんて、しない。だから、仕方がなかった。

でも、これからも個人授業だって受けたいし……。やっぱり謝ってから帰ろうか。

何故か自分に言い訳をしながら、中の様子を窺う。

マリエがまだいたら大人しく帰ろう。そして何かお詫びにお菓子でも持って、別日の放課後に訪ねよう。

そう決意してそっと扉を開けると、クロエラはマリエと机に向かい合っていた。まだ質問が続いていたようだ。

失敗だ。

クロエラはこちら側に背を向けていて、表情は見えない。マリエは嬉しそうな顔でクロエラに微笑んでいる。

心が痛くなりそうで、慌てて気づかれないようにそっと扉を閉じようとした。しかし、こちらに気がついたマリエと目が合った。

彼女はふっと目を細め、こちらを指さしながら親しげにクロエラの肩を叩く。

このまま帰るのは不自然だ。私は諦めて、ここで先ほどのことを謝ることにした。

「クロエラ先生……今いいですか？」

私が声をかけると、クロエラは頷き、扉のほうまで来てくれる。

マリエは椅子に座ったままこちらをじっと見ているが、一緒には来なかったのでほっとする。

「テレサ様……」

私のことをじっと見たクロエラは、眉を寄せて呟く。

やっぱり怒ってるのかな。

「クロエラ先生、先ほどはすみませんでした。ちょっと事情があり、揉め事を起こしたくなくてあんな態度を」

私は頭を下げて謝罪の言葉を口にした。なんとなくマリエには聞かれたくなくて、自然と声は小さくなった。

「そうだな……。極力揉め事は起こさないほうがいい。気をつけてくれ」

クロエラは頷きながら答える。怒ってはいなそうなその様子にほっとする。

「本当にすみませんでした。あの……、個人授業の続きについては、また相談でいいですか？」

私のその言葉にクロエラは考え込む。なんだろう？

「しばらくは個人授業はやめておこう。それに、今後は私に個人的に話しかけるのもやめてもらいたい。もうわかったので、帰ってくれ」

私が首をかしげていると、クロエラは私とは目を合わせずに、机に戻りながら興味なさげに言った。

冷たい口調に、興味のなさそうな視線。ゲームの冷徹な師団長を思い起こす、その態度。

私はその背中を見ながら、すっと身体が冷えるのを感じた。

信じられなかった。

こうなるまで、私はクロエラに結局冷たくされないと甘く考えていたようだ。マリエが出てきたらと心配はしていたけれど、学年が始まってしばらく経っても変わらなかったから。

なんとなくもうクロエラは自分の味方のような気がしていたんだ。私と仲良くしてくれると。私とクロエラの間には、確かな信頼関係があると。

どうしてそんなことを思ってしまったんだろう。

傷つくだけなのに。

そして、マリエに遠慮してクロエラをぞんざいに扱ったのも私だ。

何故あんな風に自分勝手に逃げたりしたんだろう。状況も説明せず、忙しい中時間を取ってもらっているのに、人が来たらさっと帰ってしまうなんて、失礼だった。浅はかだ。

浅はかな私の態度で、クロエラを失うんだ。

どうしよう。

心臓がどきどきする。でも、事情を話せない私には選択肢がない。ゲームの世界に転生したから断罪が怖くて、なんて言えない。信用を失ってしまった今となっては余計に無理だ。言い訳どころか、馬鹿にしていると思われかねない。

言い訳のしようがなくて、それでも言い訳を探してしまう。

「クロエラ先生？　大丈夫ですか？　テレサ様にもお茶の用意しますか？」

どうしようもできなくてただ立ち尽くす私に聞こえてきたのは、マリエの甘い声だ。

「もう終わるから大丈夫だ。気にせずに座って待っててくれ」

そして、続けて聞こえたクロエラの声は、少し前まで私に囁かれていたその声にとても良く似ていた。

優しく響く、その声。

「あら、そうなんですね。ふふ。残念ですが、続きを教えてください」

すっと身体が冷える。指先まで冷たくなって、震えるのを感じる。

手を握り込み抑えようとするのに、全然うまくいかない。

頭を殴られたような衝撃があり、息がうまく吸えなくなるのを感じた。

目から涙が出そうになり、唇をかんでぐっと我慢する。

それ以上何もできなくて、私はただ謝罪の言葉をもう一度口にした。

「本当にすみませんでした。お時間を取っていただきありがとうございました……」

私のほうを見ようとしないクロエラからの返事はなかった。

部屋から聞こえてくるマリエの声が耳障りで、耳をふさぎたくなる。

私は逃げるように教務室を出ると、帰路についた。

第三章　暴かれる

次の日、よくないとわかっていても私は学園を休んでしまった。

ニコルとトマスが気に病むかもしれないと思いつつも、どうしても行く気になれなかった。

クロエラの態度がショックだったのは、もう認めるしかない。私に見せてくれる、あの冷徹さのかけらもない笑顔が好きだった。

そうだ。

私はクロエラが好きだったみたいだ。

ゲームでも推しているキャラだったけれど、実際はゲームとは全然違う人だった。人をからかうのが好きな、結構庶民的な印象の人。

顔は馬鹿みたいに綺麗だけど、そんなことを忘れるくらい、一緒にいて気楽で楽しかった。

魔法が好きで、授業では理路整然と真面目に教えていた。良く通る、あの声。

私に対してはゲームで憧れていた主人公への態度とはまったく違ったけれど、そんなの関係なかった。

最初から打ち解けてくれていたし、一貫して優しかったクロエラに甘えてたんだ。クロエラなら許してくれると。

馬鹿だ。

マリエがいるからなんて言い訳で、傷つかないようにしてた。

あのままクロエラと仲良くしていたら、確かに何か身の危険はあったかもしれない。

でも、別にそれでもよかった。

こんな思いをするぐらいなら、もっと話せばよかった。図々しいと思われようが、周りのことなんて気にせずにクロエラとの会話を楽しんでいればよかった。いつものように、一緒に冗談を言い合って……

なんで保身になんて走ってしまったのだろう。

そうだ。私がクロエラルートに入るぐらいの気持ちで戦えばよかったんだ。ゲームでの悪役令嬢のように悪いことなんてしないいんだから、堂々とすればよかった。クロエラが好きだって、態度に出してもよかったんだ。

マリエと敵対したって、よかった。

これでマリエがクロエラルートに入って、結局悪役令嬢として断罪されたりして。

このまま、ゲーム通り嫉妬でマリエのことを虐めたりするのかな。

確かにマリエとクロエラが一緒にいて、楽しそうに笑い合っているのは見たくない。でも私は虐めたりしない。しないはずだ。

ああ、でもトマスだって言ってたじゃないか。私がマリエを虐めてるって。

そこからすでに私が悪役令嬢になるって決まっていたのかも。主人公に負けると決まっている立ち位置。

クロエラの授業が楽しみだったし、学園に行くのは楽しかった。断罪の回避もしないといけないと思っていたけれど、今はこれからどうしていいのかわからない。

もう駄目だ。

何もしたくないし、どこにも行きたくない。学園にも行きたくない。

クロエラとまた話したい。時間を戻してほしい。今度は間違えないから。

私の気持ちはぐるぐるするばかりで、涙は止まらなかった。

私は一日ぐずぐずと泣き続け、父親に心配されながらそのまま寝てしまった。


次の日の朝、目が覚めると、すっかり目の腫れた自分の姿があった。

「これ、学園に行けるかしら……」

鏡の前で立ち尽くす私に気がついたメイドが、部屋に戻りポーションを持ってきてくれる。この世界のポーションは大きな怪我は治らないが、ちょっとした傷ならすぐ治るそうだ。

目の腫れも、ポーションをかければ良くなるということだった。

便利な世界でよかった。

ポーションをかけるとすっかり腫れが収まり、素顔の自分が現れた。

気の強そうな悪役令嬢の顔。

それを少しでも優しげに見えるように化粧をし、制服に着替える。

準備はすっかりできたけれどまだ学園には行きたくなくて、メイドに紅茶を淹れてもらい自室で飲んだ。それがたまたまクロエラと一緒に飲んだ紅茶だったので、またちょっと気持ちが落ち込んでしまった。

それでも行くしかない。

貴族が学園に通わないなどということはありえないのだ。

今の生活をしっかりしなくては。私は気合を入れなおし、学園へ向かった。


一日ぶりの学園は、何故か少し騒がしかった。

「テレサ様！　心配してましたのよ。テレサ様まで何かあったのかと、とても不安でした」

教室に行くとローズが駆け寄ってくる。

「ありがとうございます。ちょっと体調を崩してしまって……。何かありましたか？」

ローズの瞳が不安げに揺れている。

「昨日テレサ様がお休みしている時に、別のクラスの方が倒れたのです。校医に見ていただいたところ、瘴気にあてられている症状だと……」

瘴気。そういえばクロエラもそういう生徒が出ていると言っていた。

「そんなものが学園に……」

「そうなのです。それに、公にはなっていないのですが、揉め事が増えているそうです。中には暴力沙汰に近いものまであると……」

もうそんなに噂になっているのか。瘴気の話が出たから、一緒に噂になっているのかもしれない。

「それは怖いですね」

「そうなんです。今日はクロエラ先生の講義の日ではないですし、学園の先生はいらっしゃるでしょうが、なんだか心配ですわ。でもテレサ様が来てくれたのでちょっと心強いです」

そう言ってローズは照れたように笑う。可愛いし嬉しい。

今日はクロエラがいないのは知っていたし、会う勇気もなかったが、心細いのも事実だ。せめて学園にいてくれたら。

でも、もしどこかで会ってしまい、また冷たい態度を取られるくらいなら、いないほうが心の平穏は保たれるかな……

まだ自分の気持ちが定まっていない。

そもそも瘴気なんて話、ゲームにはなかった気がする。思い出せていない部分が多いけれど……テレサが暴走しなければ学園は平穏だったはずだ。

何が起きているんだろう？　ゲームの流れなのか、それともまったく関係ない何かが起こっているのか。

ゲームの内容がはっきり思い出せないのが悔しい。私だけじゃなくて、周りの人にも何も起こらないでほしい。

そんな祈りは通じず、しばらくしてニコルが別の生徒に殴られたという知らせが届いた。

「ニコル様！　大丈夫ですか？」

医務室に入ると、ニコルはベッドに横たえられていた。目を瞑ったその顔は青白くて不安に駆られ、つい大きな声で呼びかけてしまう。

「テレサ様、今はお静かに。ニコル様は大きな怪我もなく無事ですよ。ただ、相手が殴った上に何かしらの魔法を使ったようで、意識が戻らないのです」

校医に窘められて、私は気を落ち着かせるために息を吐いた。魔法で目が覚めないだなんて……

そこまで考えて私ははっとした。これは黒の魔法では？

「校医様、黒の魔法の可能性はありますか？」

私が尋ねると、校医は目を瞑り考え込む。

「……私はあまり黒の魔法に詳しくありませんが、その可能性も確かにあります。ただ断定はできません。魔力を相手に叩きつけるだけでもこういう症状が出るので、そちらのほうが可能性は高いです。そもそも黒の魔法を使える人を私は知りません」

そうだ。黒の魔法自体、今使える人はほぼいない。

それにニコルは黒の魔法も学んでいた。そうそうやられないだろう。気にしすぎなのかな。

「あの、魔力を叩きつけるとはどういったことなのでしょうか？」

「魔力と魔力は反発します。魔力を何らかの魔法としてではなく直接相手にぶつけると、魔力同士が反発し身体の魔力の流れに影響が出ます。魔力の流れは精神に影響するので、こういう症状が出ます。しかしお互いに影響があるため、攻撃としては使えません。ただ、今回は相手も瘴気にやられて正気じゃなかった可能性もあるので……わかりませんね」

「また瘴気にあてられた人がいたんですね……」

瘴気にあてられる生徒の話は、ただの噂話からだんだん現実の話として生徒の話題に上っている。

実際に魔法師団が動いたりもしているようだ。

クロエラもバタバタしているようで、校内を忙しそうに部下と歩いているのを見かける。しかしいつも部下を引き連れているおかげで、マリエや他の生徒と話しているところを見ることもなく、ほっとしている。

それでもまだ解決の光は見えない。あくまでも噂だが、何故生徒が瘴気にあてられるのかの原因はまだ掴めていないようだ。

瘴気にやられた生徒の行動歴も交友関係にも、接点は見つかっていないらしい。

このままでは被害者がどんどん増えるだろう。

クロエラには警告されていたが、実際にニコルがこんな目に遭ってしまうなんて……。青白い彼の顔を見ていると、恐怖心が湧き出てくる。このまま目覚めないなんてことないよね？

「ニコル様。早く元気になって一緒にケーキ食べようね」

そっと手を握り、呼びかけた。ニコルの手はひんやりとしていて、ますます恐怖心が大きくなってしまった。もちろん握り返してもくれない。

その手をぎゅっと温めるように両手で包み、早く回復するように祈った。

しかし、そのあとニコルは目覚めることはなく、家で療養をすることとなり、家族が眠ったままの彼を連れて帰った。

次の日、クロエラの魔法の講義は休講となっており、代理の先生が授業を行った。クロエラの授業はしばらく休講になるそうだ。

目覚めたとの知らせもないので、状況がわからず不安だけが募る。

ニコルも学園に来ていない。

「そこの君。ちょっと手伝ってくれ」

暗い気持ちで教科書を整理していると、クロエラの代理で来ていた先生に呼ばれた。普段授業を受け持っている先生ではないので、名前がわからない。

警戒しつつ近寄ると、書類を渡されにっこりと告げられる。

「君は確かクロエラ先生の教え子だったね。今日は学園に来ているので、教務室まで行ってこれを渡してくれたまえ」

「え……クロエラ先生にですか？　今日は講義はありませんでしたよね？」

「そうだ。今日も講義はできないが、別の用があって学園には来ている。私は今手が離せないが、この書類がすぐに必要なんだ。彼も忙しいから、急いでもらえると助かる」

「……わかりました」

有無を言わせない先生の圧に、しぶしぶ了承の言葉を口にする。

こんな形でクロエラと顔を合わせてしまうなんて……

クロエラが私の訪問にどういう顔をするのかわからなくて怖い。

足取り重く、教務室へ向かう。前に黒の魔法の授業でクロエラを訪ねた時は、あんなに浮かれた気持ちだったのに。

　この間の冷たい顔を思い出し、悲しくなってしまう。

　クロエラの教務室に着いたが、どうしてもノックをすることができず、扉の前でただ俯いて立ち尽くす。

　急ぎの用だって言われているのに。クロエラが困るかもしれないのに。

　勇気が持てない自分が情けなくなってしまう。

「あら？　テレサ様？」

「マリエ様……」

　私の名前を呼ぶ声に顔を上げると、クロエラの教務室からマリエが出てきた。クロエラも一緒だ。

　クロエラと並んだマリエは嬉しそうに微笑んでいて、とてもお似合いだった。急に息が苦しくなる。

「テレサ様か。何の用だ？」

　クロエラは興味なさげに私の事を見た。

　冷えた声に心が挫（くじ）けそうになるが、慌てて持っていた書類を差し出す。

「あの、今日の代理の先生に頼まれて書類を持ってきただけです」

　私を映さない目を見るのが怖くて、俯きながら早口で伝える。

　早く受け取ってほしい。涙が出る前に。

「あいつか……余計なことを」

　クロエラは眉を顰（ひそ）め悪態をついた。その様子を見ていたマリエは、私のほうを向きにっこり笑う。

「ありがとうございます。今、クロエラ先生は学園の問題のためにとても忙しいので、私が手伝っていたんですよ。ね。クロエラ先生」

親しげにクロエラを呼ぶマリエが、何故か私の書類を受け取った。

「そうだ。書類は受け取った。テレサ様。君はもう戻っていい」

マリエから資料を受け取りながらそうそっけなく言って、クロエラは私に背を向けて執務室に戻った。

「もう！　休憩にカフェでお茶しようって言ったのに！」

可愛く怒りながらマリエが慌ててついていく。

そして扉が閉じ、私はまた一人残された。

「……っ」

閉じた扉の前で、我慢しきれずに涙が流れてしまう。

二人がいなくなった廊下は妙に静かだ。

泣いている姿を誰かに見られるのはまずい。

私はハンカチで次々と流れてきてしまう涙を拭い、下を向きながら教室へ足早に戻った。

誰にも泣き顔を見られることなく自宅に戻ることに成功した私は、ベッドで布団を被って声を上げて泣いた。

今回はポーションを事前に準備するという用意周到ぶりだ。

布団の中なら泣いても声はそこまで漏れないだろうし、メイドは部屋の外にいるし、誰にも心配はかけない。

途中水も飲みながら、ぐずぐずと先ほどの場面と冷たい声を思い出しては、また泣いた。

そして、散々泣いて最後に残ったのは、マリエへの不信感だった。

泣いてだいぶすっきりとした私は冷たい水を飲み、甘い甘いクッキーを食べながら考えた。

ニコルも言っていたように、マリエは私への恐怖心がまったくない。むしろ勝ったかのような態度だと思う。

気のせいだと言われればそうかもしれないが、クロエラと並んだ時の態度は、私が彼女だと言っているかのようだった。

マリエとクロエラ二人が並んだスチルのような情景を思い出し、また涙が出てきてしまう。

嫌だ。

そっとハンカチで出てきてしまった涙を拭う。

ふと思いついて、氷の魔法でハンカチを凍らせ、目に当てた。

ひんやりしてとても気持ちいい。

きっと最後にポーションは必要だけれど、冷たい感覚に頭も冷えるような気がする。

マリエは私のことを陥れようとしているのでは？　と思う。

ハリーたちに話していることから、私から虐められていると信じているか、嘘をついているかの二択だ。

しかし、虐められているにしては、マリエが私を見る目は自信に満ち溢れている。おかしい。

何故かはわからない。だが、マリエは嘘をついている。

だけど、そうだったら虐めの噂も腑に落ちる。本人が流しているんだ。

私への攻撃は、クロエラを取られたくないからかもしれない。

「……クロエラ様……」

クロエラは、もう話したくないぐらい私のことを嫌いになってしまったんだろうか。

マリエから私の悪評を聞いて信じているのだろうか。

マリエのことが好きなのはもう仕方がないけれど、もし虐めていると思われているなら誤解を解きたい。

それは私のただのわがままなのはわかっているけど、それでも。

好きになってもらえなくても、嫌われていたくない。今、彼にどう思われているのか、とても気になってしまう。

クロエラの気持ちが知りたくて悩んだ私は、二人の相性占いをしたあのもふもふのうさぎを思い出した。

頼りになるかはまったくわからないけれど、藁にも縋るような気持ちで召喚してみることにした。

結果には私の願望が現れている可能性もあるけれど、気休めにはなるだろう。

最低ラインだった場合は、誤解を解くように前向きに行動しよう。せめてまた軽口が叩けるような関係になりたい。

そうだ。

いつまでも暗くなっていても仕方ない。このままではクロエラをただ失うだけだ。

私は意を決し、魔力を集めた。

「ピピ、オン！」

ピピに呼びかけると、ぱっとピンク色のうさぎが現れた。

この間の講義がもう遠いことに思えるが、ピピはあの時見たままの姿だ。ハートのステッキを振って自己紹介をしてくる。

『ピピだよ！』

可愛い声と姿に、なんだか張りつめていた気持ちが弛緩する。私はほっと息を吐き、ピピをいつも通りつついた。

「えいえい。あー可愛い」

『やめてよー』

つつくと嫌な顔をするが、頭を撫でるとされるがままでいてくれる。

手のひらに感じるふわふわとした毛の感触が優しくて、癒される。

これからは用がなくても呼んでみようかな？

抱いてみようとピピをそのまま引き寄せると、抵抗もなく腕の中に納まった。ほんのり温かい。

私はぎゅっとピピを抱きしめ顔をうずめる。

「ピピー。私、悲しいよ……」

『どうしたの？　相性占いする？』

私の悲しみなどお構いなしで、ピピは通常運転だ。いつも通りの明るい声で答えてくれる。

もふもふの毛に頬を寄せ癒されながら、呼び出した目的である相性占いを頼む。

「うん。相性占いをお願い。……クロエラ様と、私テレサとの相性」

やっぱり不安で声が震えそうになるのを、ピピを抱き寄せ耐える。ピピはそんな私の気持ちなどまったく気にした様子もなく、私の腕の中からするりと抜け出した。

息を詰める私に、ピピの陽気な声が響く。

『クロエラとテレサの相性は……じゃーん！　九十パーセントだよ！　あと少し！　がんばれ！』

「え？　変わってない……」

これは私の願望なのだろうか？　それでもかなりほっとしたのは事実だ。

緊張しながらもう一つ気になることを聞いてみる。

「攻略対象者と私以外の相性占いもできる？」

『できるよ！　ピピに任せて！　誰と誰の相性占いをするの？』

ピピはステッキをぴよぴよと動かしてアピールしてくる。

「クロエラ様とマリエ様の相性を教えて」

『うーん。まだまだだなぁ……道のりは遠いよ』

ピピは耳をしょぼんと倒して、残念そうに言う。これは好感度がまだまったく上がっていない時の言葉だ。

やっぱり私の願望なのかな？　その可能性もあるが、ここがゲームの世界で、ピピはゲームのキャラという前提で考えると、相性占いの結果は正しいということになる。

もともとのゲームの設定とは矛盾しないと思いたい。

いろいろ変わってしまっている部分は多いけれど……それでも、ここはあの乙女ゲームの世界だ。

「クロエラ様とマリエ様の相性が低いとすれば……クロエラ様は何か理由があって、マリエ様と一緒にいる」

言葉に出してみると、かなり自分に都合良く聞こえる。

ううう。自分の願望を口に出している感じで、なんだかだいぶ恥ずかしい。

マリエとクロエラの間に、何か利害関係があるのだろうか？

クロエラと私が話をしていた二回とも、近くにマリエがいた。もし、理由があって私を遠ざけてマリエといる必要があるなら、あの態度は嘘ということだ。

マリエが一緒にいない時なら、もしかしたら前みたいに……

私は首を振る。マリエと利害関係があることと、私に冷たい態度を取ることは一緒じゃない。

間違ってはいけない。

私はもう一度ピピを腕の中に抱き、考える。

「ピピ……なんで今回は私のそばにいてくれるの」

『ピピはテレサの味方だよ！　相性占いする？』

マリエには今回ピピがいないのかな。さすがにピピは二匹いないだろうし。……相性占いは別にしないだろうけど。

そこまで考えてハッとする。

ゲーム内の主人公はどうやってピピと出会ったんだろう。

ピピは魔法で私が呼び出した。

黒の魔法でだ。

だとしたら、主人公——マリエも黒の魔法の使い手の可能性がある？

マリエは光の魔法の使い手ではなかったのか？

いや、クロエラが確か言っていた。何かに高い適性を持つものは、どの魔法の適性も高めの傾向があると。

黒の魔法の使い手は管理されているという話だったけれど、適性を隠している人も中にはいるはずだ。適性を隠して黒の魔法を使っている、それがマリエ……？

だとしても、目的が見えない。

私はマリエとは面識はなかったはずだし、個人的に恨まれるような覚えはない。それはクロエラだって同じだろう。

光の魔法の使い手は珍しいので、将来は約束されているはずだ。反動や処罰のリスクを負ってまで黒の魔法を覚える必要がない。

それに、マリエは黒の魔法を誰に習ったのだろうか……？

わからない。一緒に考えてくれる人がいればいいのに。

……こんな時、クロエラを頼れたら良かったのにな。黒の魔法のことだって全然まだわからないし、これからどうしたらいいんだろう。

ニコルの回復の知らせもまだ届いていない。

ぐるぐると考え込み、私はそのまま寝てしまった。


次の日、腫れる目をポーションで癒し、私は何食わぬ顔で登校した。

教室に入った私が準備をしていると、マリエも教室に入ってきたのが見え、ついじっと見てしまう。

にこやかに皆に挨拶をしながら入ってきたマリエは、私と目が合うと嘲(あざけ)るような顔で笑った。

しかし、すぐに今度は主人公らしい邪気のない笑顔で、何事もなかったようにハリーたちのもとへ向がっていった。

やっぱり気のせいじゃない。

マリエは私のことを嫌っている。これは間違いないだろう。

ハリーとカールとトマスは、相変わらずマリエと一緒にいるようだ。

四人で楽しそうに談笑している。

その場にニコルがいないのが不思議でさみしい。

クロエラとももうずっと会っていない。

これが日常になるのは嫌だ。この状況をどうにかしたい。もやもやしてばかりだなんて、嫌だ。

やっぱり、マリエがいない時にクロエラと会おう。

もう一度ちゃんと話をして、はっきりさせよう。

もう単純に嫌われてしまったのかもしれないし、マリエのことが好きなのかもしれない。でも、ぐずぐず考え込んでばかりいても仕方がない。

私はクロエラともう一度仲良くしたい。

この間の失礼な態度をもう一度謝ろう。

——そして、好きと伝えるんだ。


トマスが一人の時を狙って放課後のマリエの予定を聞いたところ、特に予定はないようだった。

マリエはクロエラの手伝いをしていると言っていたので、鉢合わせはしたくない。

トマスに頼み込み、放課後はマリエを街に買い物へ誘ってもらうことにした。

突然のお願いにトマスは訝しんではいたが、この間のお詫びだと言って聞いてくれた。

良い人だ。

さすが攻略対象者。

ゲームの時は全然推してなかったけど。

今日はクロエラの授業はないけれど学園には来ているようなので、放課後教務室に向かった。

心臓がどきどきする。

緊張で手に力が入らないし、逃げ出したくなる。

マリエが私の予想通り黒の魔法の使い手なら、クロエラが精神感応でマリエに洗脳されている可能性も考えたが、黒の魔法を学んでいたクロエラが易々(やすやす)と洗脳されるとは思えない。

マリエの謎は後回しだ。

冷徹な師団長はゲームではとてもかっこ良かったけれど、私はそういうクロエラじゃないクロエラと会いたい。

好きになってくれなくてもいい。冷徹な師団長じゃないクロエラに会わせてほしい。

なかなか進まない足を叱咤(しった)しながら、私はクロエラの教務室にたどり着いた。


クロエラの教務室の中の様子をそっと窺うと、人の気配がした。

ここまで来たけれど、まだ足がすくんでいる。

私は目をぎゅっと瞑り、もう一度気持ちを奮い立たせる。

もう一度周囲を窺い、誰もいないことを確認すると、さっとドアを開けて身体を中に滑り込ませた。

幸いなことに、中はクロエラ一人だった。見慣れた後ろ姿が見える。

マリエもいないし、メイドもいない。

窓のほうを向いて何か資料を読んでいるようで、集中しているのかこちらには気づいていない。

トマスに頼んでいたものの、実際にマリエと一緒に出かけたところは確認ができなかったので、誰もいなかったことにほっとする。

「……クロエラ様」

ここまで来ておいて、なんて声をかけていいかわからずに、結局名前を呼ぶだけになった。

クロエラは不思議そうな顔で振り返り、私の姿を見て驚いた声を上げた。

「テレサ？　なんでここに」

不思議そうに呟いたあと、はっとした顔をすると慌てて周りを確認した。

その珍しく慌てた様子に、こちらも何故か慌ててしまう。

「あ！　不審者じゃないですよ！　テレサです！　お化けでもないです」

私が急いで弁解すると、クロエラは慌てた様子を消して呆れた顔になった。

「なんだよお化けって……」

「ええと、こういう部屋に一人でいたら怖いかなと思って……」

「こういう部屋どころか、死体がごろごろいる戦場に一人の場合もあるんだぞ」

「怖い。それは怖すぎる。クロエラ様は鉄の心臓の持ち主ですね。……あの、ちょっとお話がしたくて、急にすみません。勝手に部屋にも入ってしまって」

私は今更ながら、クロエラに許可も得ずに部屋に入った謝罪をした。

クロエラがどういう反応をするのか怖かったが、ぐっと息を止めて顔を見る。

「お前は相変わらずだな……」

私の顔をじっと見たクロエラは、ふっと力を抜き優しい顔で笑った。

それは私の知るクロエラだった。

クロエラはその優しい顔のまま、私の頭に手を置いた。優しく頭を撫でるその体温を感じる。

「クロエラさま……ふえっ」

変わらない様子に安心してしまい、涙が出てくる。クロエラは私のその涙をそっと手で拭ってくれた。

「テレサ。ちょっとごめんな」

宥めるようにぽんぽんと私の肩を叩いたあと、足早に扉のほうに行きドアの鍵をかけた。更に、机から魔導具らしきものを手に取り、私の知らない魔法を展開した。

魔法に問題がないか確認すると、再び私の前に戻ってきて息をつき、頭を撫でた。

「あー……テレサ、どうした。泣くなよ」

「クロエラ様が……もう私のことを嫌いになったのかと……」

私は涙をハンカチで押さえながら、クロエラの胸に頭をつけた。クロエラは戸惑ったようにしつつ、私の背中に手を回した。

「いやいや、嫌いになるとかはないだろ急に」

「ううう……でも、もう話しかけるなって……」

あの時のことを思い出し、涙があふれうまく言葉が出てこない。

その様子を見たクロエラは乱暴に頭をかいた。

「あー……あれは急だったよな。すまない。あの時はテレサと仲のいいところを見られたくなかったんだ……。多分だけど、仲がいいと思われるとお前に危険が及ぶかもしれないから……」

クロエラの「危険」という言葉に、はっとして顔を上げる。

「それは……マリエ様に、ですか？」

私の言葉にクロエラはため息をついた。そしてちらりと扉のほうを気にする。

「そうだ。テレサも何か気がついていたのか」

「それは、何となくだけ……。でももしかしたら私の願望かな、とも思っていたんですが」

「願望？」

「そうです。クロエラ様が私のことを遠ざけたのは、私のことが嫌いになって、更にマリエ様と付き合い始めたからじゃないかと思ったんです。……でも、ある時気になることがあって……もしかしたら私のことを避けたのは、マリエ様が何か疑わしかったからじゃないのかと思うようになって」

私がそう言うと、クロエラはふっと笑った。

「それがテレサの願望か。俺がマリエと付き合うのは嫌だったんだな」

「うわ。違います！　嫌われたのが嫌だっただけで！　それに気になることもあったし！」

「そういうことにしておこう」

クロエラは急ににやにやしている。私はとんだ失言に顔が赤くなってしまう。

でも、にやけるクロエラを見たら、照れる気持ちとともにイライラする気持ちも生まれてきた。

クロエラの行動に理由があったにせよ、何の説明もなしに突然冷たくされて、私は本当につらくて泣いたし苦しかったのだ。

「……でも、私は本当に悲しかったです」

下を向きそう責めるように言うと、クロエラが慌てた顔をしておろおろしだす。

「それは本当に申し訳なく思ってる。俺の気持ちが変わらないのはテレサもわかってくれてると思ってた。それに、すぐに弁明しようとも思ったんだが、迷ってしまったんだ。このまましばらく話さないほうがいいのかもしれないと……」

「なんでこのままがいいと思ったんですか？」

「それは……お前を巻き込みたくなかった。安全な場所にいてもらいたかったから」

私はその言葉にカッとして、思わずクロエラの頬を叩いた。

「私はそんなの嫌です！　自分だけクロエラ様にそんな風に守ってもらうよりも、相談してもらったほうがずっと良かったです！」

先ほどまでの不安や悲しみがぐるぐる渦巻いて、感情のままにそう怒鳴ると、私の目からは再び涙が流れた。

「そうだよな。……自分勝手だった。本当に悪いと思ってる……」

叩かれたクロエラは、赤い頬を気にもせず私に向かって頭を下げた。

「だからテレサ、泣かないでくれ。お前が泣くと俺は……」

眉が下がって情けない顔をしているクロエラの頬を、今度は指でぎゅっとつねる。力加減はしない。ぐにょっと顔の形が変わるが、美形は美形のままのようだ。

「そうですね、じゃあこれで一応許します。ありがたく思ってください。次はないです」

「ありがとう。次は絶対しない」

「じゃあここで手打ちにしましょう」

そう言いつつも私がそのまま頬をぐりぐりとつねっていると、クロエラはされるがままになりつつ、ハンカチで涙の残る私の頬を拭いた。

じっとされるがままだったクロエラが、真面目な顔で私のことをじっと見た。私もクロエラをつねっていた手を離す。

「許してくれてありがとう。さっきの話だが、テレサにも何かマリエ様に思うことがあったのか？」

「ええと、ちょっと引っかかることがあって、マリエ様が黒の魔法を使えるのかもって思ったんです。マリエ様は今日トマス様と買い物に行っているはずなので、ここには来ないと思います」

マリエを警戒しているらしいクロエラに告げると、ほっとした表情になる。

「良かった。盗聴防止の魔導具を使ったけれど、警戒するに越したことはないからな。まだ確証はないが、テレサの言う通り、マリエ様は黒の魔法かそれに近い、何らかの精神に影響する魔法が使えるようだ。彼女といる時に、急にクラっとして意識が飛んだ。精神感応をかけられたことがないからわからないが、そのあとマリエ様がキラキラと輝いて見えた。明らかにおかしかった」

「それは……一目惚れとかそういう類のものなのでは？」

キラキラと輝いて見えるとはそういうことなのではないだろうか？

私の疑問にクロエラは嫌な顔をした。

「授業の質問の話から急に一目惚れとかないだろ」

「クロエラ様には前科があるから……」

私にも急に態度が変わったし、怪しい。

私の疑いの目を受けて、クロエラは更に嫌な顔をした。

「お前は俺のことをなんだと思ってるんだ……。お堅い人物像でやってきたと思うんだけどなあ」

「確かにクロエラ様は冷徹な噂しか聞きませんでしたね……。陰で遊ぶタイプなのでしょうか？」

「イメージ悪すぎだろ」

「でもなんで一目惚れとは違うって思ったんですか？　普通だったら、急に目の前の人が輝いて見えたら恋してるのかなって思いませんか？」

「それはないだろ。ああいうタイプはまったく好みじゃないし話も合わないし、そもそも今お前との仲をどうこうしようとしている中で、急に別の人を好きになるとかないだろ」

きっぱり言われたセリフの内容に、顔が赤くなるのを止められない。

これってもうほとんど……！

「ちょ……ちょっとクロエラ様……！」

「？　なんだ？」

クロエラには恥ずかしいセリフを言った自覚がないようで、不思議そうに顔を覗き込んでくる。

さすが攻略対象者というべきか、こういうセリフがさらりと出てくるのが恐ろしい。

私は戦々恐々としていたが、まったくピンときていない顔をしたまま、クロエラは話を続ける。

「そのあとは急に馴れ馴れしくなったから、何かの術をかけられたのかと疑っていた。もちろんかかってないとばれるのはまずいので、かかったふりはしているが……」

「マリエ様は黒の魔法を使うことで、クロエラ様に何かさせたいんでしょうか？　意識が飛ぶ前に何かされた感じはありましたか？　黒の魔法で精神感応を使うと本人にも反動があると聞いたのですが、マリエ様はその後も普通だったんですよね？」

「そうなんだよなあ、マリエ様はその後も変わらずに元気そうだった……それに、俺も黒の魔法への対抗策は当然だが複数持っている。なのにかかりかけていたしな……。通常の精神感応ではないのかもしれない」

「クロエラ様にはかかってはいなそうですね。対抗策のうち、どれかは効果があったということかもしれません」

「そうだな。でも、黒の魔法だとしても、デメリットを考えると本人が使うとは思えないんだよな。しかもこんなくだらないことに」

「くだらないこと」

「くだらないだろ。俺に何かさせようっていう魂胆にしても回りくどいし……目的が見えないんだよな」

「単純にクロエラ様のことが好きとか、そういうことでは？」

「学園が始まって初めて会ったんだぞ？　好意だけで命懸けになるかもしれない黒の魔法を使うとかギャンブルすぎるだろ。今まで会ったこともないのに、この短期間でそんな感情的な行動に出るとは思えない」

「うーん。でも、マリエ様は実際反動を受けている形跡はなさそうですし、何か対策があって使い放題とか……」

やっぱり意味がわからなくて考え込んでしまう。

「そうなんだよな。自分が術をかけられた前後のことはまったく思い出せないから、黒の魔法を使われていたとしても､その時のマリエ様の様子がわからないんだ。もしかしたらテレサの言う通り、何らかの手があるのかもしれない。ただ、彼女の見え方が変わったのはその時だけで、自分の中に違和感はもうない。もちろんテレサのことを嫌いになってるなんてこともない」

「それはさっき聞きました！」

「何度でも知りたいかと思ってな」

「求めてません！　……まあ、かからなかったのは本当に良かったです。でも、黒の魔法を覚えたからといって、必ずしも対抗できるというわけではないんですね。クロエラ様は黒の魔法の適性も高いのに」

私の言葉にクロエラは考えるそぶりをする。

「不意をつかれたっていうのもあるし、マリエ様の適性が俺の適性より高いって可能性もある。原因はいろいろ考えられそうだな……。この辺は研究の余地ありだ。なかなか精神感応を使った実験は難しいだろうが」

「そうですね。一番怖いのは、クロエラ様は忘れさせられているだけで、今後何かのきっかけでマリエ様がかけた魔法のスイッチが入るようなことでしょうか」

「そうだな……。しばらくは、マリエ様の行動を監視しておいたほうがいいな」

「ですね。クロエラ様ご自身も気をつけてください」

でも、クロエラがいるだけですごく気が楽だ。一緒に考えてくれる人がいるというのは心強い。

「なんだかこの雰囲気、懐かしいな。ちょっとしか話してない期間なかったのに」

クロエラが私の気持ちを見透かしたようなことを呟く。その優しい笑顔に私も懐かしさを感じている。

「そ……う、ですね。私も懐かしく思っていました」

「なんだよその歯切れの悪さは」

「私はクロエラ様と違って、厚顔無恥な感じではないからじゃないでしょうか」

「すごい悪口言い出したな」

クロエラは怒った顔を作るが、私はその顔を見て吹き出してしまう。そして、顔を見合わせて二人で笑った。

「まったく。危ないから少し離れたほうがいいと思ったのに、すっかり駄目だな」

「さっきも言ったけど、そんな心遣いはいらないです」

「そうだな。俺も楽しくなかったし、テレサも泣いちゃうしな」

「わー！　泣いてません！　夢です！」

「じゃあいい夢見てたってことにしといてやるよ」

クロエラは私の言葉をまったく信じていない顔をして、頭をポンポンしてくる。

でも、クロエラも私と離れていて楽しくなかったんだな。

ちょっとおかしい。

私は現金だと思いつつもすっかり元気になって、マリエの目的を考えることにした。

マリエが黒の魔法を使えるとして、何をする気なのだろう。

考えてみるが、大きなリスクと引き換えにしてまで得たいものが何も浮かばない。

「クロエラ様はどうするつもりですか？　黒の魔法じゃないとしても、マリエ様は何故こんな行動をするのでしょうか」

「とりあえずテレサのことを遠ざけて、その間に調べようと思っていたんだが……テレサはマリエ様に嫌われてそうだから。でも、そもそもなんでテレサはマリエ様を虐めているなんて噂を流されるんだ？　これはマリエ様が仕組んだ噂だと思うが、そんなに嫌われるようなことをしたのか？」

ストレートな質問に戸惑う。そんなの私だって知りたい。でも、この間思ったことはある。

「クロエラ様かニコル様あたりと親しげに見えたからではないでしょうか」

「そんなことで……と思ったけれど、女は意外とあるんだよな。人が人を嫌うのは案外くだらない理由だ」

何か苦い思い出でもあるのか、クロエラは渋い顔をして考え込んだ。

「そういう理由で嫌われてるのはありそうですよね。虐めの噂はそれかなあ、と何となく思ってました。虐めたりしてないのに」

「お前、虐めっ子とかそういう感じじゃないもんな。見た目はなんか悪そうだけど……」

まさか！　ローズとの優しげメイクの研究もだいぶ進んだはずなのに、今も悪役令嬢に見えているのかしら。

「私、まだ悪そうですか？」

「少なくとも優しい顔ではないな。整ってるし美人ではあるけど。テレサの友達……ローズ？　あの子と並ぶとかなり悪そうな感じはする」

あたりです。ローズも悪役令嬢仲間ですから。

頑張って二人で研究したのに……。努力はまだ実っていないようだ。ローズ、中身はあんなにいい人なのに。外見に反映されないって不思議だ。

「ううう。もう少し頑張ります」

「いやいや。お前のその気の強そうな見た目と中身の不思議さは、俺は好きだぞ。そのままでも全然大丈夫だ。見た目が親しみやすい感じになったらライバルが増えるから、そのままでいてくれ」

クロエラはにやにやしながら私の肩を叩いた。

「でも実際問題、マリエ様には嫌われていたとしても、嫌がらせしていると噂されるくらいで、今のところは実害がないんですよね。私とマリエ様のことはいったん置いておきましょう。他のことのほうが目的が見えない分、気になります」

「そうだよな。目的が見えないのが一番嫌だよな……。俺もマリエ様に近づいて調べるから、マリエ様と仲良くしてても嫉妬するなよ」

「しません」

「あと、お前と一緒にいるのはマリエ様を刺激しそうな気がするから、残念だけどこのまましばらくは学園では話すのはやめよう」

「そうですね。わかりました」

「おいおい！　ずいぶんあっさりしてるな。さっきは泣いてたのに！」

クロエラは悲しそうな顔をして抗議してくる。

私はそっとクロエラの手を握り、じっと顔を見つめた。

「信じていますから。それに私は後悔しないようにするって決めたので、もし何かあったらまた直談判に来ます」

「……お前、それは反則じゃないか？」

クロエラは私の手をぎゅっと握り、反対の手で顔を押さえながら俯いて言う。隠しているけれど、赤くなっているのがわかる。

だいぶ悲しかったし、これぐらいの反撃は許されるよね。

赤くなるクロエラを見て、気持ちが通じ合っている気がして、笑うよりも嬉しくなってしまった。

「じゃあ今度無視したら刺しますね」

「急に猟奇的だな」

立ち直ったクロエラも、私の軽口に嬉しそうに笑った。

＊＊＊

学園では、瘴気について様々な噂が流れ始めていた。

学園の瘴気は誰かが作ったものだとか、瘴気ではなく別の魔法ではないか等、七不思議のようにいろいろな噂が出ている。それこそ学園で死んだ生徒の呪い、などという噂もあった。

真相が実際どうなのかはわからないが、実際に学園を休む人がぽつぽつと出始め、彼らがそのまま学園に戻ってきていないことから、生徒たちは妙な緊張感を持って過ごしている。ニコルもまだ戻ってきていない。

そんな中でも、マリエは普段と変わらない様子に見える。

ニコルもクロエラもいない学園で、私は他の攻略対象者やマリエとは一切関わることなく、仲の良さそうな彼らを遠目に眺めるだけで過ごしていた。

それなのに。

「テレサ様は酷いです……」

目の前でマリエが泣いているのはいったいどういったことなのだろう。

放課後、学園の教室を出て、今日はまっすぐ帰ろうと廊下を歩いていたところ、曲がり角から現れたマリエにぶつかってしまったのだ。

言い方は悪いが、お互い少し痛い思いはしたけれど、転んだりもしていないので怪我もない。

それなのに、何故かマリエは私を責める言葉を口にした。

私は呆然としつつも、マリエに謝った。

「申し訳ありませんマリエ様！　どこか痛かったですか？　痛いところがあれば一緒に医務室に行きましょう」

「いえ……怪我はしていません。痛いところもありません……」

「え……で、では、どうされました？」

本当に困惑してマリエに問えば、マリエは下を向いて涙を拭う仕草をした。

そして、そのまましくしくと泣き出してしまったのだ。

ハンカチを渡そうと、私が肩にそっと手をかけると、マリエはさっとそれを払った。

「やめてください。テレサ様」

そう言って私を睨むマリエはとても可憐で、つらいことに耐えている少女だった。

そしてまったく意味がわからないうちに、他の生徒たちが集まってしまった。

その中にはクロエラやハリーたちもいる。

クロエラが学園に来ていたとは知らなかった。私は顔が見られて嬉しい気持ちと同時に、こんな状況を見られた恥ずかしさを感じ、目をそらした。

ああ、またやられた。この状況は、学園初日と同じだ。

でも、あの時庇ってくれたクロエラはマリエの味方だ。少なくとも庇ってくれることはないだろう。もちろん演技だとは知っているけれど。

クロエラは泣いているマリエに駆け寄って、膝をついてハンカチを渡した。

「大丈夫ですか？　マリエ様」

「ええ……。ありがとうございます、クロエラ先生」

おずおずとそのハンカチを受け取り、マリエはそっと涙を拭って、心細そうにクロエラの服を掴んだ。

　ハリーとカールは、何故か少し離れたところから眉を寄せて、遠巻きに私たちを見ている。その感情は読めない。しかし決して私の味方ではないに違いない。

「マリエ様、どうされたのですか？　痛いところがあれば、私も治癒魔法については多少心得がありますよ」

　クロエラは綺麗な笑顔でマリエに手を差し出した。

　クロエラの治癒魔法は「多少心得がある」どころではないだろう、と思うが、この空気では誰も言わない。それに、マリエ自身が治癒魔法には長けているはずだ。

　見たことはないけれど、なんといっても光の魔法使いなのだから。

　クロエラのその作られた笑顔は明らかに嘘だったけれど、私がまったく視界に入らないことに少し傷つく。

　関係ない。今は調査のためにマリエの味方をしているだけだって知っている。

　私は自分に言い聞かせるように、一度ぎゅっと目を閉じた。

　マリエはそのクロエラの笑顔を見て、助かったとでもいうようにほっと息をついた。そして差し出されたクロエラの手をぎゅっと握る。

「あの……テレサ様が……」

　そして怯えた表情で私のほうを見てくる。

　私でもピンとくる。これは前と同じパターンだ。視線だけで私のことを悪者にしようとしているのだ。

そうやって怯えたふりをしてクロエラの腕にしがみつくマリエの姿を見たら、なんだか急に身体が熱くなるようにカッとなった。

「嘘よ！　私はマリエ様にたまたまぶつかっただけで、それ以上何もしていないわ」

そして感情のままに強い口調でマリエのことを責めてしまう。怯えたようにクロエラの腕を更に強く握って小さくなるマリエを見て、私ははっと我に返った。

失敗だ。

周りの生徒が私を見る目が悪くなったのを感じる。

「クロエラ様……テレサ様は、私がクロエラ先生と話しているのが嫌だと……そう言って」

マリエは更にクロエラに弱弱しく訴える。

クロエラはそれを聞いて大きく頷いた。

「それはあるかもしれないな」

ないよ！

したり顔で図々しいことを言うクロエラをキッと睨むと、クロエラが慌てたような顔をした。

その顔を見て私は我に返り、にっこりと笑顔を作った。可愛い女の子を怒鳴った上に、助けに来た先生を睨んでいる悪役令嬢顔の女、絶対に周りへの印象は良くない。

すでに悪役令嬢の虐め現場みたいになってしまったが、後悔は精神衛生上よくない。

時間は戻せないので、スルーしよう。

開き直った私は、マリエにしっかりと向かい合った。

「先ほど、私たちは確かにぶつかってしまいました。でも、お互いに曲がり角で見えなかったためで、わざとではありませんよね？　それに、私たちは出合い頭にぶつかったので、クロエラ先生のことなどお話するタイミングはありませんでしたわ。何故そんなことをおっしゃるのですか？」

私が強くそう言うと、マリエはクロエラの陰に隠れるように逃げた。クロエラは眉を寄せる。

「テレサ様。これ以上はやめてあげてください。お互いに証拠もありませんし、テレサ様の立場が悪くなるだけです」

これまで遠巻きに見ていたハリーが私に声をかけてくる。

私とマリエの間に立ったので、完璧なマリエの味方ではないようだ。周りの生徒がどう思っているかは、表情からは窺い知れない。

「それでも私は何もしていません。マリエ様がどうしてそのようなことをおっしゃるのかわからないのでお尋ねしているのです」

もちろん私でも自分の立場が弱いことはわかる。

私も泣いて見せればいいのだろうか？

それでも、そんなことはしたくない。

私はもうマリエに遠慮しないと決めたのだ。

クロエラがマリエとどうしても一緒にいたいと言わない限りは、逃がさないのだ。

ゲームのテレサも、こういう気持ちでマリエと敵対していたのだろうか？

これはやっぱり、クロエラルートなのだろう。

悪役令嬢が主人公から攻略対象者を勝ち取ることはあるんだろうか。

そう不安になるが、気持ちで負けるのは嫌だ。

クロエラに隠れているマリエが見える位置に移動し、私はマリエから目をそらさずに、伝える。

「私が何かしたと言うのなら、きちんと教えてください」

「クロエラ先生、たすけてください」

逃がさない気持ちでそう聞いたけれど、マリエはクロエラの背中の服を両手で掴んで俯いてしまった。私はため息をついた。

「助けてくださいって、マリエ様のほうがよっぽど魔力も強いですし、私が勝てるとは思えないのですが」

「テレサ様……こわいです」

怯えた態度を崩さないマリエに、これ以上言っても無駄だと悟る。マリエは怯える少女を押し通すだけだ。ここから私の逆転劇もないだろう。

もしクロエラが味方してくれたとしても無理だし、調査の邪魔もしたくない。

ハリーもカールも厳しい目で私のことを見ている。皆が私のことを悪役令嬢だと思っている気がする。

でも怖くない。この状況が悔しいだけだ。

クロエラにまだくっついているマリエを見る。そんな風にクロエラに触らないでほしい。

私はクロエラと平凡な日々を過ごすのだ。ゲームのようにはならない。

何故か泣きそうになる気持ちを抑え、私はマリエに背を向けた。

何か言ってやりたかったけれど、その気持ちを押し殺し、そのまま家に帰った。


その騒ぎから、私はクラスの人にも避けられるようになってしまった。

ローズだけが話しかけてくれるが、彼女まで周りから悪意を持って見られているような感じがして申し訳なくなる。

それでもローズは気にしないでと言って、普段通りにしてくれた。

マリエは私からの虐めに遭っていてかわいそうだと同情され、他のクラスメイトとも仲良くなったらしい。

クラスメイトに囲まれ楽しそうにするマリエの笑い声は、とても耳障りだった。


そして、やっと迎えた週末の午後。クロエラは私の家に来ていた。

クロエラとはあの日以来、初めて会う。

「テレサとのお茶会は久しぶりだな……。なんだかほっとするよな」

そう言って嬉しそうに笑うクロエラに、私はつい素直になれない言葉を返してしまう。

「いきなりなんですか」

「この間なんて久しぶりに会えたのに、ろくでもない展開だったからな。テレサ、助けてやれずに本当に申し訳ない……！」

　そう言って、クロエラはばっと頭を下げた。それだけで何もかも許してしまう気持ちになるから恐ろしい。

「いえ大丈夫です。マリエ様もいらっしゃいましたしね」

　なので私は、わざと素っ気なく答えてしまう。

「あいつな……ああもう本当に殺してやりたい。弱々しい演技もうまいし、その辺にいる奴らへの見せ方もうまいな。俺のテレサのことを悪者にして、勝手に人のこと盾にしやがって。なあ、あの時咄嗟に殴らなかったのは偉くないか？　イライラして死ぬところだった。褒めてほしいよ……」

　クロエラは思い出したのか、死んだような目になった。かわいそうになった私は、頭を撫でてあげる。

「それよりも、こんな時にうちに来て大丈夫なんですか？」

「今日はもう無理に時間作ってきた。かなり注意してここに来たから、その辺は大丈夫だ」

　クロエラが普段使っているらしい馬車は王城のものでばればれなので、わざわざ街で乗り換えてきたらしい。

　王城に近いほど身分が高い人が住んでいるので、クロエラはいったん街に行って、折り返しで我が家に来たのだ。

　かなりお忍び感が強い。実際そうなのだけれど。

「そうですね。困った時にはいい手ですね」

「時間さえあれば毎週使いたい」

そう言うクロエラには疲れが見える。相変わらずの忙しさのようだ。

「あのあと、マリエ様は何か言っていましたか？」

気になっていたことを聞くと、クロエラは不機嫌そうな顔をした。

「教えない」

「えええ！　なんでですか教えてくださいよ」

「だって、あいつのせいで今もテレサはかなり理不尽な目に遭っているだろ。思い出すと不快になるだけだ」

クロエラは吐き捨てるように言った。そんなに悪く言われていたのだろうか。

「まあ、あの場所で怒ってしまったのは悪手でした。自制心って利かないものですね」

「あんなに怒っていたのに感想が軽いな」

「そうですね。あの時はカッとしましたが、クロエラ様も味方だってわかっていますし。それに、変わらずに接してくれるローズ様もいますし」

ローズがいなかったら、とっくに挫けていたかもしれない。意外と無視は心にくるものだ。

それに、今日クロエラが会いに来てくれたことでかなり心が軽くなった。言わないけど。

「それはとりあえずよかった。俺のテレサを悪く言うなんて本当にむかつくよな。真相がわかったらとりあえず殴ろう。あと安心しろ。いいニュースもある」

物騒なことを言う不機嫌な顔のままにクロエラは、ニコルが目覚めたと教えてくれた。

「これは機密事項だ。誰にも言うなよ。テレサは心配しているだろうから、教えてやりたかったんだ」

クロエラは何故か憮然としながら、持っていた資料をめくる。

「機密事項ですか？　でも本当によかったです！　早くニコル様に会いたいです！　いつ頃会えますか？　体調はどうですか？」

「今はまだ起き上がったりはできないが、意識ははっきりしているようだ。俺も会うのは明日になるだろう。聞いた内容によっては、設定を作って口裏を合わせる。その設定ができるまでは無理だが、数日で会えるようにはなるはずだ。その頃には他の人にもニコル様の回復が伝わる。……そんな喜ばれると複雑だな」

「もしかして……拗ねてるんですか？」

「別に。連絡が来たら花でも持っていってやればいい」

急にすました顔でクロエラが言うので笑ってしまう。

「ところで、ニコル様がなんで寝込んでしまったのか、理由はわかったんですか？」

「それを今調査しているところで、さすがにこれ以上漏らすと首が飛ぶ」

「首になるのは怖すぎますね」

それでも魔法師の最高峰は引く手あまただろうな、と私が考えていると、その考えが伝わったのかクロエラは首を振った。

「物理的にだ」

恐ろしい話だった。

「クロエラ様にはぜひ長生きしてもらいたいので、これ以上は踏み込みません」

私は距離を取って、資料も見えないように椅子の位置を変えた。

「そんなあからさまに避けられると、それはそれで傷つくな」

「クロエラ様の首を犠牲にしてまで知りたい情報なんてありません」

私は怖くなって声を潜（ひそ）めた。するとクロエラは距離を詰めて顔を近づけてきた。

「今は二人きりだろ。安心してくれ」

「……まあ、メイドがいますけど」

声が聞こえる距離にはいないが、さすがに見える位置にはメイドが控えている。

「でも二人きりには違いない」

そう言って嬉しげに笑いかける視線から逃れたくて、この人はメイドは人間じゃなくて家具の一部だと考えているのかしら、などとくだらないことを考える。

「そ、そうですね。ゆっくりしていってください。その時間があるのかは疑問ですけど」

クロエラの講義はずっと休講だし、学園内にはかなりの人数の知らない大人が出入りしているのを見かける。

クロエラによると、あれは騎士団や魔法師団の人たちらしい。高位の人ばかりなので、トラブルに巻き込まれないようにできるだけ近寄らないようにしよう。

何か粗相があったら大変だし、あらぬ疑いがかからないとも限らない。

悪役令嬢だし。

「そうなんだよな。これからまた学園に戻って瘴気の調査だ。なかなかここに来る時間が取れないし、学園ではテレサと会えないし、万が一会えたとしても無視しないといけないし、精神疲労が大きいよ。マリエ様といるのも苦痛だ」

「お疲れさまです。良く時間作れたなと思っていたんですが、無理しないでくださいね」

「私も会いたい、くらい言ってくれ」

「私も会いたいですよ。もちろん」

私は素直な気持ちでにっこりと笑いかけたが、クロエラは驚いた顔をした。

「なんだか調子が狂うな。でもまあ、しらみつぶしに学園を見て回っているから、瘴気が発生しているところは必ず見つかるはずだ。そうしたら、原因もある程度わかると思う。もうそう長くはからない」

「学園って広いですよね……」

私はお金のかかった広大な校舎や庭園を思い出す。クロエラも同じように思い出したのか、遠い目をしている。もちろんクロエラも学園の卒業生だ。

「ニコル様から話が聞ければ、もう少し絞れると思う。そうであってほしい……」

「そうだと嬉しいですね。クロエラ様の授業楽しみにしているんで、いつまでも休講だと寂しいです」

「そうだな。しばらく経ったら魔導具の授業もしてやろう」

そう笑ってクロエラは偉そうにしている。イラっとする仕草だが、魔導具については興味があるのでそこは単純に嬉しい。

「それはぜひお願いしたいです。もしかしたら黒の魔法に続いて才能が爆発するかもしれません」

「努力もしろよ」

「そこは、頑張りたいと、思っています」

ぐぐぐ。痛いところを。

「急に歯切れが悪くなるなあ。ある意味すごい」

クロエラは感心したような声を出す。素直な賞賛が心に刺さる。私は努力もしようと決意した。

クロエラにがっかりされるのは嫌だし。

クロエラは首をかしげながら、私の手を取った。

「俺が昔から何でもできた話はしたっけ？」

「そんな自慢話を急に聞かされても戸惑うだけですが、聞いたこともありません」

「冷たいな、俺への興味はどうした」

クロエラは眉を寄せる。しかし自慢だけではなかった。

「でもそうだな。何でもできるって、それだけで自慢みたいになるんだよ。何でもできる奴に周囲は冷たい。もしくは便利に使ってやろうっていう気持ちの奴が集まる。しかも俺は平民の出だしな」

「平民で魔法が使えるってかなり希少ですよね。何で魔法が使えるって気がついたんですか？」

「うちは割と大きい商家で、貴族とも繋がりがあるんだ。小さい時に俺の魔力量が多いことに気がついた両親は、貴族繋がりできちんとした講師をつけてくれた」

「わー英才教育ってやつですね」

「そう良いものじゃない。紹介してくれた貴族は後ろ盾にはなるが、もちろん利害関係がある。魔法師団は肩書だけでなく、権力も強く影響力があるからな。実家も俺がそうなることには大賛成だった。というか、できなければ俺の居場所はなかった」

「ああ……。それは気を抜けないですね」

「そうだ。家との繋がりもあるし、俺には魔法師団に入る道しかなかった」

「子供にそんな重圧は厳しいですよね……」

私の家も侯爵だ。もちろん小さい頃から厳しい教育が施されていた。

貴族であるならば負けるわけにはいかないのだ。何と戦うにしても。……その割に私は怠惰ではあったけれど。

「そうなんだよな。でも、無駄にひねくれてしまった俺は友達も作らなかったし、表面上うまくかわすことに慣れていった」

それがゲームの冷徹さだったのかな。私はクロエラの話に頷きながらも、ちょっと寂しく思えた。

でも、軽々しく何か言える気もしなかった。その重さは私にはわからなかったから。

「そうだったんですね」

私がそう言うと、クロエラは私のことをぎゅっと抱きしめた。

「そうだ。だから、お前と話していると自然に力が抜けている自分がすごく不思議で、嬉しいんだ。最初は怪しい奴だと思っていたけれど、話しているだけですごく楽しいし、ニコル様とか他の男と話しているのを見ると、イライラする心の狭い奴になる。全然知らない自分になっていくのを感じるのに、嬉しいんだ」

「クロエラ様……」

クロエラから伝わる体温があったかい。途中ちょっと不穏な言葉もあったけど、それすらもなんだか嬉しく感じる。

「マリエ様のことは早く片付ける。そうしたら、真剣に俺とのことを考えてくれ。頼む」

クロエラの声は真剣で、私は戸惑いつつも頷いた。

「ありがとうテレサ」

そう言ってとても嬉しそうに笑うと、クロエラは私の頬にキスをした。

「うわーーーーーーーーー！」

「可愛くない声出すなよ」

驚いて声が出た私に、クロエラは吹き出した。

「まだきちんとした返事してないのに」

「そんな顔しないでくれ」

むっとした私の頬を優しい表情でそっと撫で、クロエラは立ち上がった。

「じゃあ、そろそろ行くな」

「本当に時間がありませんね……」

「ゆっくりお茶も飲めずに申し訳ない……」

クロエラはほとんど手つかずの飲み物と焼き菓子を見て、頭を下げた。

「いえいえ。ニコル様の意識が戻ったと知れたのも嬉しかったです」

「喜んでもらえて良かったよ。でも、真剣に考えてほしいって言ったあとに他の男の話をするのはちょっと酷くないか？」

「それはもちろん……考えてます」

「そうしてくれると嬉しい。また時間作ってくる。次はゆっくりお茶ができるぐらいの時間を確保するから」

「そうですね。学園では無視されますけど」

「それは申し訳ないけど、俺の意思じゃない。俺だっていやだよ。本当にすぐ解決するから頑張るから」

「仕方ないですね。許しましょう」

私はそう言って笑って、クロエラの見送りに行く。

私はクロエラを信じてる。だから大丈夫。


と思ったけれど。

固い決意だったはずなんだけれど。

あっという間に挫(くじ)けそうな自分にびっくりする。

授業が終わり、自分なりにかなり真剣に学んでぐったりで、甘いものを求めてカフェに向かう途中。

「クロエラ先生！」

とても可愛い弾む声が聞こえてきて、私は反射的に柱の陰に隠れてしまった。

「マリエ様か。元気そうで何よりだ」

クロエラの、僅かに嬉しそうに響く声に何故か苦しくなる。

「うふふ。クロエラ先生、お久しぶりですね。会えなくてちょっと寂しかったです。先生もお元気でしたか？」

「そうだな。ちょっと忙しくて疲れてる部分があるかもしれない」

「そうだったんですね。お疲れ様です。休憩がてら、一緒にお散歩しませんか？」

私にはちょっと強引に思えるようなお誘いも、マリエがやっていると自然だし、可愛く思える。

クロエラが学園に来ていたのは知らなかったし、いつも誰かと一緒のマリエがなんで今だけ一人でいるんだろうという疑問もあるが、それでもそんなタイミングで会えてしまうのは主人公補正なのだろうか。

そして、そんな二人の姿に出くわして嫌な気持ちになる私も、悪役令嬢だからなのだろうか。

……いや、二人じゃなくてマリエだけ見たとしても、私の心は沈む。私はため息をついた。

マリエはいつもハリーたちと一緒にいるのに、なんでこんな時にだけ。最近なんて他のクラスメイトとも一緒にいるのに。

隠れているため二人の姿は見えないけれど、きっと楽しげにしているのだろう。そして、私が出ていったところで、冷たくされて二人の仲を見せつけられるだけなのだ。

クロエラはマリエとの仲は演技だと言ったし、私もわかっているけれど、それでもそんな態度は泣きそうになるだけだ。それに私は、クロエラにそういう弱いところは見せたくない。

私は二人を見ないように、その場でしばらくしゃがんで下を向いて過ごした。しばらくじっとしていると、人の気配はなくなった。

静かになった廊下に、私はそっと立ち上がった。

息を吐いて、頬を押さえて気持ちを切り替えようと頑張る。しかしなかなか沈んだ気持ちは戻ってこない。

「あーあ。もう行こう」

ニコルからはまだ連絡が来ていないから会えない。あの時クロエラは数日だと言ったけれど、もう二週間、何もない。早く会いたいな。

カフェにはニコルとも来たなあと思うと、この間のことがなんだかとても遠く感じてしまう。

私がとぼとぼカフェへの道を歩いていると、急に目の前に何かが現れ、正面からぶつかってしまった。

しかし、正面からぶつかったはずなのに感触があったのは肩で、痛くもなかった。不思議な気持ちで顔を撫でる。

「あれ？」

「ちゃんと前を見ていろ、テレサ様。この間も同じことがあったばかりだろう」

優しい肩の感触とは対照的に、頭上でヒヤッとした声が聞こえた。

慌てて顔を上げると、そこには整った金髪のハリーがいた。慌てた私が肩を見ると、ハリーがぶつからないように肩をそっと押さえてくれていたようだ。

王太子である彼にぶつかってしまったのだ、と気づいて私は青くなった。マリエの二の舞どころじゃない。

「申し訳ありませんハリー様！」

私が慌てて謝罪を口にすると、彼は忌々しそうな顔をした。しかしその感情は口には出さずに、許すと言った。

とりあえず、よかった。

ハリー様もカフェに向かう途中だろうか。そう思ったあとに気がつく。

「マリエ様をお探しですか？」

マリエはクロエラと行ってしまったので、ハリーも気が気じゃないのかもしれない。ハリーのことは別に私は好きじゃないが、そうだとしたら気持ちはわかる。

私が心配して様子を窺うと、ハリーは何故かハッとした顔をした。

「そうだ、マリエ様を探していた。……いや、なんでもない。テレサ様……君は」

何とも歯切れが悪く、自問自答のように呟く。

いつも堂々とした彼の、そんな煮え切らない態度は見たことがなかったので驚く。どうしてしまったんだろう。

「ハリー様、どうされましたか？」

「いや、何でもないんだ。……違うな。テレサ様。君はどうしてマリエ様のことを虐めるほど嫌いになったんだ？」

　思わぬ質問にぎょっとする。

「いえ！　私はマリエ様のことは良く知りませんし、虐めたりしたことなどありません。そもそもきちんと話したことすらないのです」

　私は誤解を解こうときっぱりと伝えた。

　今はマリエがクロエラと一緒にいて、すごく嫌な気持ちではあるけれど。

　それでも、ゲームのように虐めたりしていない。悪感情はあっても、実際行動に移さなければ問題ないはずだ。

　そう思い、ハリーの目をじっと見つめる。

「そうか……。では、そうだな、テレサ様もマリエ様と仲良くしてくれ。私はマリエ様とは……」

　苦しそうにそう言うとぎゅっと目を瞑り、そこで言葉を切った。そしてそのあとの言葉は続かなかった。

　そして、こめかみを押さえるようにしながら私とは目を合わせずに去っていった。

　なんだったんだろう。

　最初は私に対して敵意を感じたけれど、マリエと仲良くしてくれ、だなんて。

　ハリーはそういえば、マリエを虐めているところを見たと言っているんだった。いい機会だから聞けばよかった。

　それにこの間の騒動では、マリエが私に虐められているように思えただろう。

しかし、ハリーたちには悪役令嬢だと思われて完璧に嫌われていると思っていたのに、今の態度は不思議だ。

虐めるな、とかならわかるけど。

そもそもマリエにも私と仲良くする気なんてなくない？　それともハリーたちには仲良くなりたいけど虐められるとでも話しているのだろうか。

私は悲しい気持ちよりも疑問が上回って、首をひねりながらカフェに向かった。


そうしてカフェに着き、新作のリンゴのタルトを目にした私は一人で食べていくことにした。

どうせ家にいたところで、ぐるぐると先ほどの光景が思い浮かぶだけな気もしたし。

今日は内緒話の相手はいないけれど、またテラスの端のほうの席に座った。テラス席には誰もいない。貸し切りだ。

今日はちょっと肌寒いので、温かい紅茶がぴったりだ。

キャラメルで覆われた綺麗な焼き色がついたタルトにフォークを入れると、パリパリといい音がする。口に入れると焦げたキャラメル部分が香ばしく、リンゴの酸味ととても合う。

ほのかな洋酒の香りが大人の味だ。美味しい。そして周りを見れば、綺麗な花が咲いているのが見える。

無駄に荒んだ気持ちが落ち着いてくる。

私は自分のイライラが収まったことにほっとした。

そうして、ゆっくり景色を見ながら食べ進めていると、テラスに来る人の気配がした。

タルトを口に運びながら何の気なしに入り口のほうを見ると、攻略対象者のカールが一人で入ってくるところだった。

ハリーと待ち合わせだろうか。カールは王太子であるハリーの護衛も兼ねているため、常に二人一緒にいる。先ほどはハリーが一人でいたし、遅れてハリーがここに来るのかもしれない。この組み合わせはとても気まずい。

私は途端に帰りたくなったが、タルトは半分ぐらい残っているし、そもそもテラスへの入り口は一つしかないため、今動くと余計目立ちそうな気がする。

背を向けているので、気がつかれない可能性が高いだろう。そう願って、私はなるべく気配を消してタルトをほおばった。できるだけ遠い席に座ってくれ。

しかし、私の願いは虚しく、近くに大きな気配がした。

カールは護衛騎士を目指しているだけあって、とても背が高い。そして身体つきもがっしりとしており、威圧感がある。

もちろん顔はとても整っている。寡黙なキャラに似合わず、見た目は野性的な雰囲気のイケメンだ。でも今は顔なんて関係ない。

身体の大きい、私のことを嫌っている男の人だ。

カールがいったい何の用で近づいてきたんだろう。怖い。

こんな人のいないところでは、何かあったとしても助けを呼べない。ハリーも私のことは嫌いだろうけど、今はハリーでもいいから来てほしい。

祈るような気持ちで下を向いてじっとしていると、上から意外なほど遠慮がちな声が聞こえてきた。

「テレサ様……ご一緒してもよろしいでしょうか」

「え⁉」

意外な提案にびっくりして大きな声が出てしまった。私の声に、カールもびっくりしたのか一歩後ずさる。

「ああ、申し訳ありません……。テレサ様はそうですよね……私と一緒の席には着きたくないでしょう……」

下を向いて悔しそうにするカールに、私は更に慌ててしまう。

「いやいや。ご一緒は全然大丈夫です！　ちょっと驚いてしまっただけで！」

ご一緒は全然大丈夫じゃなかったのに、慌てたせいでつい椅子をすすめてしまう。最悪だ。

それを聞いて、カールはぱっと顔を上げてとても嬉しそうにした。

「ありがとうございます！　今、注文をしてきます！　テレサ様もお替りなどがあればお申し付けください！」

満面の笑みではきはきと言ってくる。その邪気のない姿は大型犬のようだ。

途端にちょっと可愛く見えてくる。

「では私は……焼き菓子で何か一緒に注文してもらってもいいですか？　メニューに何があったか

覚えていないので、何でもいいです」

もう残り少ないケーキでカールと戦える気がしなかったので適当に頼んだが、何故かカールは嬉しそうに何度か頷き、素早い動きで注文に向かった。

カールの姿が見えなくなると、私は紅茶を飲みため息をついた。

今日はいったい何なんだろう。さっきは変なハリーに会って、今度はカールだ。クロエラとマリエにも会ったし。

攻略対象たちとはこれ以上関わる気はなかったし、実際ニコルとクロエラ以外はトマスと少し話したぐらいで、ほとんど関わらずに来られたのに。

よく考えたら、焼き菓子など頼まないでケーキを食べ終わったら席を立ってしまえばよかったのだ。

いや、カールは話がありそうだし、そうはできないかな……

悩んでみたものの、結局もう頼んでしまったので状況は変わらないのだ。諦めてカールが戻ってくるのを待つ。

しばらくして、カールはまた先ほどと同じように嬉しそうな顔で戻ってきた。

「お腹がすいていたからいろいろ頼んでしまいました！　その中からテレサ様も好きなのを選んで食べてください。すぐ来ると思いますので」

私はその勢いに気圧(けお)されながらも、愛想笑いを浮かべる。

「ありがとうございます。ここのカフェは焼き菓子も豊富ですものね。毎回私も迷ってしまいます」

「そうですよね！　そしてどれも美味しいです。私はしょっぱいものも食べたくなりますが、それはなくて残念です」

「ああ、訓練があるなら食事系もあると嬉しいですよね」

学園のカフェはさすが乙女ゲームなのか、軽食は売っていないのだ。

「今日はハリー様とご一緒ではないのですか？　先ほどハリー様はお一人でいらっしゃいましたけど」

良く考えたら、王太子が護衛もつけずに一人で歩いているのはよくない。特に今の時期は危ないのだ。

ハリー単体でもとても強いのは、ゲームを通して知ってはいるけれど。

「ハリー様から、今日は一人で用があるから、護衛は不要と言われてしまったのです。今は危ないから私は反対だったんですが、仕方がないです」

ご主人様からのノーは大型犬には堪（こた）えるようで、しゅんとしている。

そこに、店員が現れた。カールの注文の品を持ってきたようだ。

店員はワゴンを押してきていて、次々とお皿をテーブルの上にのせていく。あっという間にテーブルの上はお菓子でいっぱいになった。

なにこれパーティーなの？

とても二人分とは思えない量に圧倒されている私に、カールは少し照れた顔をしている。

「お腹すいちゃってたので」

そういえばさっきも言ってたな。とりあえず食べ始めたほうがよさそうなので、私も目の前にあった小さなクッキーを手に取った。

「じゃあ、私もいただきますね」

「はい！　どうぞどうぞ！」

しばらく無言でカールはもぐもぐと食べ進める。

カールは次々とお菓子を口に運んでいく。上品な食べ方だし美味しそうに食べているけれど、早さはすごくて、次々とお菓子が消えていく。

これだけ食べると見ていて気持ちがいい。なんだか餌づけしたくなる。

前世の私はカールにはあまり興味がなかったのか、ゲーム中のカールの印象がぼんやりしている。もしかしたら、カールルートはそもそもクリアしていないのかもしれない。こうして見ていても好みではないし。

愛でる対象って感じだなあ。

私がその食べっぷりを見ながらクッキーをかじっていると、カールが視線に気がついたのかこっちを見た。

「あ、テレサ様、ええっと……」

「私も食べてますので、どうぞお気になさらず」

「いや。その件ではなく……」

歯切れの悪いカールに、彼が私に話があったことを思い出す。なんだろう。マリエに対するクレームだろうか。

私が何を言われるか身構えていると、カールはしゅんと眉を下げた。

「何と言っていいのかわからないのですが、私はとてもテレサ様が憎くなる時がありますし」

悲しそうな顔と裏腹に、内容は過激だ。私はショックを受ける。

まさか、ここで刺されるとかないよね？

周りを見渡しても、すぐに助けを求められる位置に人はいない。遠くには店員さんはいるけれど、
異変に気がついた時には間に合わないだろう。そもそもカールに対抗できるとは思えない。

さっとカールの腰のあたりを確認するが、帯剣はしていない。

こんな目立つところで凶行に出るとは思えないが、それでも油断はできない。

私はゆっくりと椅子を引いた。

その警戒の体勢に気がついたのか、カールはさっと席を立った。

こわい。

思わず私は両手で頭を隠してしゃがんで声を上げた。

「やめてください！　カール様！」

しかし、身構えた私にはカールの悲しそうな声が聞こえただけだった。

「……そうですよね。そう思いますよね。……申し訳ない。怖がらせるつもりじゃなかったんです、本当に」

その戸惑う声に、危険はないと判断して、私はおそるおそる顔を上げた。

「……カール様？」

「すみません。あの、テレサ様に危害を加えたりしないと誓いますので、座っていただいてもいいですか？」

「……わかりました」

両手を膝につけて項垂(うなだ)れた様子のカールは、ぽつりと話し始めた。

「テレサ様に向き合って、自分の気持ちをはっきりさせたかったのです。勝手な話に付き合わせて申し訳ないと思っています」

「それは、いったいどういった話でしょうか？」

まったく話が見えない。私は頭が良くないのだ。クロエラかニコルがいてくれれば心強いのに。

不安な気持ちになり、私もカールから視線をそらした。

カールの話は、私の知っているゲームの話ではなかった。

「私は、ハリー様とマリエ様を応援しています。ハリー様はとてもマリエ様を大事にしていて、マリエ様といる時が一番楽しそうなんです」

「そうなんですね。あの、失礼ですが、カール様はマリエ様のことは……？」

「マリエ様のこと？」

私の質問にカールはきょとんとした。

「ええとですね、カール様もマリエ様のこと、好きなんじゃないかなあ、と、思いまして……」

「ああ。……そうですね。とても好ましく思っています。今までの女性とは違い、マリエ様のことがキラキラ輝いて見える時があります。それに、とても庇護欲を誘います。ハリー様の護衛をしている時は気が張っているので人を寄せつけない顔だと良く言われるのですが、マリエ様はそういう私のことも気にしないで笑顔を見せてくれます。ただ、私はハリー様を応援しています」

カールは言葉を選びつつ真摯に話してくれた。それが嘘じゃないことは私にもわかった。

マリエへの気持ちははっきり言わなかったけれど、応援しているというのが答えだろう。

「申し訳ありません、愚問でした。どうぞ忘れてください。先を聞かせてくださいますか？」

「ハリー様は、最近様子がおかしくて、とても不安定なんです。私は、マリエ様がそれを支えてくれている、と思っていたのです。テレサ様がマリエ様を虐めていて、それをハリー様が助けていたのもあって、二人の絆はとても強いと思っていました」

「ちょ、ちょっと待って！　私はマリエ様を虐めていたりしません！」

「……そうなんですよね。不思議なのですが、テレサ様がマリエ様を虐めているのは事実だ、という気持ちがあるんですが、実際の現場の記憶は曖昧なんです」

「それって……」

黒の魔法なんじゃ？　と思う。

やっぱりマリエは黒の魔法を使っているんじゃないだろうか。

でも、そうだとしたら精神感応だろうし、反動が絶対にあるはずだ。あのクロエラがつらいと言っていた反動に、あの可憐な少女が耐えられるものなんだろうか？

「マリエ様は、体調不良とかはありませんでしたか？」

「そうですね、精神的にまいっているようでしたから、身体にも不調が出ているような感じでした。しかし学園を休むようなこともなかったですし、倒れたりなどはしていません」

やっぱり違うのだろうか？

それともゲームでも今のように黒の魔法が使えていたのだったら、やはりマリエには反動はないのかもしれない。それは主人公で特別な存在だから？

「それで、その、カール様は私のことが憎い……んですよね。でも本当に、私はマリエ様には何もしていません」

「そう！　そういう気もしているのです」

「ええと、誤解は解けたということでしょうか？」

どうにもカールの話が見えない。

「いいえ、わからないんです。それに、最近マリエ様はハリー様よりクロエラ先生のことを気にされているようにも見受けられ、混乱しています。私は考えることが苦手で……テレサ様のことは憎くなるけれど、考えれば考えるほど、本当にそうなのかという疑問が生まれます。でも、マリエ様には幸せになってもらいたい。もちろんハリー様にも。私には判断がまったくつかないので、一回一緒に食事をしましょう！」

カールはとてもいい提案だとでもいうように、にっこりと笑った。

「食事？」

「そうです！　マリエ様とテレサ様とハリー様と私とで！　あ、あとトマスもです。トマスもマリエ様とテレサ様の関係をしきりに気にしていましたからね。本当はニコルもいればよかったのですが」

私が聞き返すと、とてもキラキラした目でなんだかとんでもないことを言ってきた。

直接対決なの？

ねえ、直接対決させようとしてるの？

「ええと、申し訳ありませんが……ちょっと意図がわからないのですが」

震える声で私が尋ねると、カールはしっかりと頷いた。

「良くわからないことは、皆で考えるのがいいと思います！」

「何を考える予定なのでしょうか」

「マリエ様が何故虐められているのかです！」

「カール様、私は虐めていないと……。信じてもらえていないのでしょうか」

「いえ、私には両方正しく思えます！　なので、二人を目の前にして考えるのが一番いいかと。マリエ様も虐められるのは悲しいと言っていたので、ここで解決したいです」

「それは……解決できるのでしょうか……」

「皆で考えればきっと！　できればクロエラ先生にも出席していただき、マリエ様とハリー様の絆についてもはっきりしたいと思っています！」

「……考えさせてください」

「日にちはご連絡します！」

トンデモ発想に私はとても疲れて、これ以上カールから話を聞くのを諦めた。

私に気持ちを伝えてスッキリしたらしいカールは、ニコニコと美味しそうに大量のケーキを食べ始めた。

私も疲れで甘いものが美味しかった。

カールのもちょっと分けてもらった。


「うわーまさかの直接対決か！　それは思い切った作戦だな」

私が報告すると、クロエラは声を上げて笑った。

「他人事だと思って」

「ええ！　テレサと俺は他人なのかな？」

私は恨めしい気持ちで、まだにやにやしているクロエラのことを睨んだ。

クロエラとはしばらく会えないはずだったが、どうしてもこの話がしたくて、私はこっそりクロエラの教務室に手紙を忍び込ませておいたのだ。

マリエに見られる可能性もなくはないと思ったが、それよりもカールに付きまとわれ押し負けて、クロエラと何の打ち合わせもしないままに食事会が開催されてしまう恐ろしさのほうが勝ってしまったのだ。

時間が全然ないクロエラのために、私の家ではなく、前回一緒に行った密談もできるカフェでの待ち合わせにした。

学園が終わり、マリエがまっすぐ帰宅したという情報を得てから待ち合わせしたので、時間は夜遅い。なので、この部屋以外は今の時間はカフェではなく飲み屋になっているようだ。週の中日だからか、混み具合はそこまででもない。

ちなみに入るのも出るのも時間をずらす。もちろんクロエラのが断然忙しいので、クロエラがあとから来て先に出る感じだ。

クロエラと打ち合わせもできないままにあの食事会が始まるのは怖すぎる。

クロエラと会いたかったわけではない。

断じて違う。

「ということなので、クロエラ様も食事に誘われると思います」

「話を聞く分には面白いけれど、参加したいとはとても思えない食事会だな」

「そうなんです。でもカール様はあまりにも話が通じないし、なんだか純粋な思いから言っているような感じで、なかなか強くも言えず……」

「テレサはそういうタイプが苦手だったんだな」

「そうかもしれません。好きとか嫌いとかじゃなくて、なんていうか……期待してマテをしている犬に餌をあげないような気持ちに……」

「ああ……それは確かにいたたまれないな」

クロエラにも私のカールのイメージが伝わったようだ。

「とりあえず、甘いものでも頼めよ。今ナオを呼ぶから」

なんだか最近甘いものの摂取量が多い気がする……。それでもここのケーキは美味しかったので頼むけど。

「そうですね。店員さんを呼びましょう！」

呼び鈴で現れた店員さんは、この前の女の子の店員さんだった。

「すみません。今店長は接客中でして」

「いや大丈夫だ。私は適当な焼き菓子を。彼女には甘いケーキを」

「わかりましたクロエラ様。……何か希望はありますか？」

店員さんはクロエラににっこりと笑いかけ、そのあと私に希望を聞いた。

「ええと、甘いものがいいのですが、ちょっと今日は食べ過ぎてしまっているので、軽いものでお願いします」

「食べ過ぎですか？　わかりました、店長にお薦めを聞いて持ってまいりますね」

そう言った彼女は私の全身を見て、ちょっと馬鹿にしたように笑った。

ううう。私はまだ太ってないよ。食べ過ぎただけで。それに整ってる人が隣にいるせいで残念に見えるかもしれないけど、私も見た目は悪くないよ！

「テレサは甘いものが好きなんだよ。とても可愛いだろう？」

「え？　ええ、そうですね」

へこむ私と対照的に、急にクロエラがキラキラとした笑顔で店員に笑いかける。でも内容がおかしい。

「今日も彼女に無理を言って付き合ってもらっているんだ。だから、彼女が気に入るような美味しいものを頼むよ。ああ、でも君はとても気が利かなそうだから店長に選ぶように頼んでおいてくれ。それぐらいは君にもできるだろう」

クロエラの笑顔の圧力と嫌味に気圧（けお）されたのか、店員さんは泣きそうになりながら何度も頷いて出ていった。

私が突然のクロエラの所業に慄（おのの）いていると、すぐに慌ててオーナーのナオがケーキを持ってやってきた。

「おいおいクロエラ。うちの店員を脅すのはやめてくれよ」

ナオをクロエラは冷たい目で見つめた。

「あの女、テレサのことを馬鹿にしたような顔で見てたんだ。客に対してありえないし失礼だ。店としてもあんな女を使うのはマイナスでしかない。あれぐらいで済ませたのはむしろ優しいと思ってくれ」

ナオはその冷たい目線に、ただため息をついた。そして私のほうに向き直り、頭を下げた。その綺麗な所作に、彼がクロエラの元同僚だったことを思い出す。

「それは申し訳ありませんでした、テレサ様。うちの店員が失礼を」

「いえいえ！　私みたいなものがクロエラ様と一緒にいるのは不思議でしょうし、大丈夫です」

私が慌てて手を振るが、それでもナオは申し訳ない顔のままだった。「お嬢」じゃなくて「テレサ様」と呼ばれるのもなんだか距離を感じてさみしい。

「テレサ様はとてもクロエラ様とお似合いですよ。彼女はクロエラに憧れている部分があったようなので、そういう態度に出てしまったのだと思います。理由は何であれ、接客業としてはありえないことです。申し訳ありませんでした」

「いやいや。こんな美形と並ぶのはさすがに厳しいですよ。あと、口調は前のままで大丈夫です。ほんとに怒ってませんから！」

私はあからさまなお世辞に笑ってしまった。クロエラはまだ憮然としたままで、更に文句を言った。

「テレサは可愛い。憧れてるだか何だか知らないが、テレサに失礼な態度を取るような奴は駄目だ」

「よく教育しておきます。……ええと、じゃあお嬢。こんなクロエラは俺も初めて見るよ。礼儀には厳しいし女の子にも冷たいけれど、怒ることは普段ないんだ。いったいクロエラに何があったんだ？」

「そうなんですか……」

そんなこと言われても、なんて返したらいいのかわからない。私は恥ずかしくなって下を向いた。

「口説いてる最中だからな」

クロエラがさらりと口にすると、ナオは衝撃を受けた顔をした。

「え？　まじで？　いつからクロエラは人間になったんだ……」

「テレサの前で失礼なことばっかり言うなよ。印象悪くなるだろ」

「印象はもともと特に良くないので大丈夫です」

「顔は？」

「顔はびっくりするぐらい良いです」

「あははは！　なんだお前ら」

ナオは私とクロエラのやり取りを聞いて爆笑している。恥ずかしい。

「もう謝罪はいいから早くケーキを置いて部屋から出ろ。貴重な時間がなくなるだろ」

クロエラは手を振ってナオを追い出そうとする。

「わかったわかった。お嬢にはケーキの説明だけ。重くないのがいいってことで、これはヨーグルトを使ったチーズケーキです。クリームもついているけど、そうカロリーも高くないしいいと思う。それじゃ楽しんでいってくれ！　店員にはよく注意しておく」

ナオは口早に説明をしてもう一度謝ると、ひらひらと手を振って去っていった。勢いのある人だ。

扉が閉じられると、改めてクロエラがお茶を薦めてくれた。

「どうぞお嬢様。先ほどの件は忘れてどうぞお召し上がりください」

何かの劇のように大げさな仕草でおすすめしてくれるクロエラに笑ってしまう。私も大げさに笑顔を作って、カップを顔の前に持ってくる。

「はい。いただきますわ。それで先ほどの件なのですが、お誘いが来たらクロエラ様も来てください。さすがにそのメンバーに一人は怖すぎます……」

口に出すとますます憂鬱になる。

もしかすると皆で責め立てられて、本当に悪役令嬢として断罪されるかもしれない。これが今回の悪役令嬢断罪イベントの可能性だってあるのだ。

私の怯えを感じ取ったのか、クロエラは安心させるように微笑む。

「もちろん参加する。公平性が必要だしな。三人はマリエ様贔屓だから、俺がテレサ贔屓でちょうどいい」

「全然足りてませんよ」

「三対一でちょうどいいぐらいだろ。愛情だって三人分より勝っているんじゃないか？　ニコル様は回復はしているが、ちょっとまだ学園に出てこられる感じではないしな」

「クロエラ様に目覚めたって教えていただいてから、続報がなく心配していました。あの時はすぐ会えそうな口ぶりだったのに全然会えないのは、ニコル様の具合が良くないのでしょうか」

機密事項だと言われても、心配だ。クロエラは目を瞑って首を振った。

「体調が悪いとかではない。順調に回復している。そういう心配はないので安心してくれ。ただ、会えないだけだ」

クロエラは確実に知っているので、それ以上聞くのはやめる。でも、体調の問題ではないなら安心だ。意識のない青い顔はとても怖かった。私はほっと息をつく。

「それなら良かったです。でもやっぱり今日の話を聞いて、マリエ様は黒の魔法を使えるのではないかと思いました。反動に関しては謎ですが、カール様の話の曖昧さは黒の魔法にかかったからではないかと」

「そうだな。その可能性は高いだろう。俺も手を打ってはいるんだ。……もしかしたら、ハリー様とカール様にはこれからも何か聞かれるかもしれない。害はないから、事実を素直に答えてくれ」

クロエラは意味深な発言をした。ハリーとカールが変な行動をしているのは、何かクロエラと関係しているのだろうか？

「進展があったんですか？」

「言えるほどの進展はない。ハリー様もカール様も、立場を考えると黒の魔法に対して対抗する何かをもともと持っていないはずがない。それなのに黒の魔法にかかったとすると、油断としか言いようがないな。仮にも王族とその警護なのに。彼らは今、混乱しているだろう。……トマス様はわからん」

「仮って言っちゃ駄目ですよ。あとトマス様に冷たい」

「あいつらはテレサに対する態度がなってないからな。トマス様は魔力がないから、授業でも関わりがあまりなくて良くわからない。……まあ、マリエ様の反動についても謎だが」

「気が進まないですが、直接話をするのはチャンスでもありますよね」

「ああ。間違いない。先に聞けてよかった。マリエ様に対しても対策を練る」

「そうですよね！　どうしましょうか」

私は身を乗り出して聞いたが、クロエラは真剣な目をしてこちらを見た。

「駄目だ。対策はこちらで用意するので、テレサはそのまま何もしないでほしい。テレサは自然に参加してくれ。相手に感づかれたくない」

「えええ。そんな……」

「……前みたいに悲しい思いはさせないから。約束する。俺に一つ考えがあるんだ。ただ、怪しまれて俺がいない間にテレサにマリエ様が近づいた場合は、助けられなくなってしまうかもしれない。普通にしててもらうのが一番いいんだ……すまない。お前を危険な目には遭わせないから」

そう謝られてしまうと、私も何も言えなくなってしまう。

「わかりました……。今日はじゃあ、残った時間はお茶会ですね。美味しいもの食べてお話ししましょう」

私がにこりと笑うと、クロエラはほっとした顔をした。

「そうだな。もう少し時間がある。あとは普通にデートだな。思いがけず会えて嬉しいよ」

そう笑ったクロエラに、私は顔が赤くならないように必死でケーキを見つめた。

その私の手を、クロエラがそっと握る。

手を繋いだままケーキを食べるのは、思った以上に難しかった。


数日後、放課後に教室で一人片付けをしているとカールがやってきて、話し合いの日が告げられた。思い立ったら即行動するタイプのようだったのですぐに開催されるのかと思ったけれど、意外なことにそれは一か月後の日程だった。クロエラも参加するとのことだったので、クロエラの予定に合わせたのかもしれない。

カールは私を見るとにこにこと近づいてきたが、今までの態度を考えるととても気持ちが悪い。今までずっと遠目で睨んできたのはいったいなんだったのか……

ハリーも、カールほどではないものの態度が軟化しているのを感じる。視線がそこまで棘々しくない。こちらは話したりはしてないけれど。

学園では相変わらずマリエとハリー、カール、トマスは一緒にいる。

ローズも私も、特に悪役令嬢として取り沙汰されることもなく平穏だ。ローズとメイクを研究しても、何故かいまいち二人とも悪そうなままだけど。私はともかく、ローズはこんなにいい子なのになあ。ローズがこのままでも可愛いことに変わりはないが。

気になることは多いものの、実際にできることはほとんどない。

黒の魔法についても、まだクロエラにほとんど教わることができずにいるので、対抗できる力を持っているかもわからない。

不安になるが、これ以上クロエラを呼び出すわけにはいかない。

……あれが最後のデートになるとかはないよね？

私はまだ自分の気持ちをきちんと伝えていない。それだけは嫌だ。

私は、何をすればいいのだろう。

そして――あっという間にその日はやってきた。

＊　＊　＊

「この部屋は……？」

カールに案内された部屋は、学園内とは思えないような豪奢な造りの部屋だった。

キラキラとしたシャンデリアにあからさまに格調高い造りの調度品たち。部屋の中央に彫りの綺麗な大きな机が置いてあり、そこにはキラキラとした攻略対象者たちが座っている。とても部屋に似合っている。

座っているだけなのに、存在感がある。具体的に言うとハリーとトマスだ。トマスは平民のはずなのに、このきらびやかな部屋に馴染んでいてすごい。

そしてその二人の間に、下を向いたマリエがいる。俯いた横顔はまつ毛が長く、悲しそうな雰囲気で、思わず肩を抱き寄せたくなるような魅力がある。

私が入ってきたというのに、二人は無反応だ。冷たい。

マリエだけは怯えた視線を私に送ってきた。ありがたくない。

クロエラはまだ来ていないようだ。そしてやっぱりと言うべきか、ニコルもいない。

私はとても心細くなる。ここに私の味方はいない。

それでも、マリエとのことを解決して、私はクロエラに告白したい。

マリエが本当に黒の魔法を使っているのかはわからないが、何か企んでいるならそれを終わらせなくては。

私は雰囲気に負けないように、席に座って様子を窺うことにした。

一番奥の席にトマス、そしてマリエ、その次にハリー。マリエは、まるでトマスとハリーに守られているように見えた。

カールに座るように促されたが、席に迷う。

この世界では奥が上座的なしきたりはないのだろうか？　それとも学園は平等だから関係ないのだろうか。

三人の隣も空いているが、さすがにそこに座るのはないだろう。マリエの前も一番奥もなんとなく嫌だったので、入り口から一番近い席に私は座った。

「ここは、生徒会の会議用の部屋なんですよ！　貴賓が来ることもあるので、格調高くできてるんです。テレサ様は来たことはありませんでしたよね」

相変わらず邪気がなさそうにカールが言ってくる。

生徒会用の会議室。それがこんなにきらびやかなのはさすが乙女ゲームとでも言うべきか。

そういえば、ハリーは生徒会の副会長だったっけ。三年になれば生徒会長になったはずだ。そして主人公も平民ながら生徒会に入っていた。

確か三年になると生徒会室でのイベントがあった。この部屋ではなかったけれど。

関係ないことを考えて私が緊張を誤魔化していると、また扉が開いた。

「失礼。遅くなったかな？　ハリー様、お招きありがとうございます。マリエ様もお元気そうで良かったです」

まったくありがたそうな雰囲気が出ていないクロエラがやってきた。そしてまったくお元気そうでないマリエにも微妙な挨拶をしている。

嫌味なのかな。謎すぎる。

クロエラがマリエに好意を持っている設定は、もう今日はいらないのだろうか。

今日は授業の日ではないからか、魔法師団の服を着ているために、かなり威圧感のある雰囲気だ。

「いえ、わざわざ来ていただきありがとうございます。ただ、今回の主催はカールです」

それにまったく怯んだ様子もなく、ハリーはにっこりと答える。

「クロエラ先生もお元気そうでよかったです。ただ、私は……。いえ、このあと話しましょう」

マリエは何かを匂わすように、弱々しい笑顔でクロエラに答えた。

やっぱり断罪イベントじゃない？　これ。

私は恐怖心で身体が冷えるのを感じる。

皆に会釈をして、クロエラは私の隣に座った。なんだか隣にいるだけでちょっと安心感はある。

今日もマリエの味方かもしれないけど、それでも。

全員が着席したのを確認したメイドがお茶やお菓子の用意をしてくれる。それを見てカールは頷いた。

「そうですね。全員集まったので、始めましょう。今日は私のために集まっていただきありがとうございます！　ケーキや焼き菓子、軽食も揃えましたので食べながらお話して、皆様の胸につかえていることが取れると嬉しいです」

私の緊張もお構いなく、カールはにっこりと主催の挨拶をする。

他のメンバーは何にも楽しそうじゃないのに、カールだけは皆を見て楽しそうにしている。不思議すぎる。

この図太さはなかなかだと思う。見た目はイケメンだけど、脳筋ってやつなのだろうか……

「じゃあ、一番の話題から片付けましょう。このままじゃお菓子も美味しく食べられないですしね」

一応空気の重さは感じていたようで、カールは直球で話題を振った。

そういうところだよカール。

私は自分のことを棚に上げてカールを睨んだ。

そして、不安になってクロエラを見るが、クロエラはじっとマリエを見つめていた。

感情が読めない横顔に、それでも少し力が抜ける。マリエは下を向いて目を伏せているので表情は読めない。

そして、ハリーも無表情だ。こんな時にまったく感情を読ませないのはさすが王族だ。

とりあえず落ち着こうと飲み物に手を伸ばすと、手が震えていることに気がついた。ぐっと力を入れ震えないようにカップを持ち上げたが、少し零してしまった。

「あつっ。……申し訳ありません」

慌てて周りを見るが、特に誰も気にした様子はなかった。よかった。しかし、私の手は濡れてしまったし、痛みもある。

「テレサ様、大丈夫ですか？　これをお使いください」

「ありがとうございます」

クロエラが差し出してくれたハンカチで手を拭う。痛いところを見ると、少し赤くなってしまっていた。あとで薬でも塗ろう。

私がそう思いながら手を擦っていると、にこりと笑ったクロエラが私の手を取った。

「私が治しましょう。女性の手に痕が残ったら大変ですし」

そう言って回復魔法をかけてくれた。優しい光がクロエラの手から発せられ、あっという間に私の手から痛みが引く。

わー魔法ってやっぱり便利だな、そう思っていると、クロエラが傷を見るために身体を寄せてきた。

「大丈夫だ。落ち着けテレサ」

そして私にだけ聞こえるように、そっと声をかけてくれた。その声はとても優しくて、私は力が抜けるのを感じた。

そしてクロエラが結構近い。ううう。

私は怪しまれないのかという心配と、近い距離の両方にどきどきしてしまう。

「ありがとうございます。クロエラ先生……」

「いえ。気をつけるようにしてください」

私がお礼を言うと、先ほどとは打って変わって硬い声が返ってきた。

今度こそ落ち着いてお茶を飲むと、マリエが私のことをちらりと見てきた。

嫌な視線だ。

「……そうやって、クロエラ先生の気を引いているんですか？　テレサ様」

マリエはどこか憐れむような口調で、ポツリとそう呟いた。

その声は小さかったけれど、室内は静かだったのではっきりと皆に聞こえた。

「いえ、そんなことはありません。マリエ様」

この間のように怒ってしまうと立場が悪くなる。私は極力冷静にマリエに返事をした。

しかし、マリエは首を振って更に続ける。

「クロエラ先生はずっと迷惑していると私に言っていました。かわいそうです。テレサ様は侯爵令嬢ですし、お父上にも愛されていると聞いています。それを使ってクロエラ先生を自分のものにしようとしているなんて……」

「そんな事実はありません。確かに以前、父に頼んでクロエラ先生を家にお招きしたことはありました。しかしそれ以上は……」

「やっぱりそうなんですね！」

マリエがそう言って、涙を拭った。私はまた失言をしたのを悟る。

「それはそうですが、でも、違います」

どう挽回していいかわからず、言葉が出てこない私を助けてくれたのは意外にもカールだった。

椅子から立ち上がり、マリエに向かって落ち着くようにジェスチャーをする。

「まああマリエ様。テレサ様は意地悪そうなご令嬢ですが、クロエラ先生については置いておきましょう」

「えっ。で……でも……」

カールはにっこり笑ってマリエを黙らせた。どちらも意図が見えなくて嫌な気持ちになる。カールにはさりげなく意地悪そうとか言われてるし。

クロエラは自分が会話の中心になっているにも関わらず、すました顔をしている。

「カール」

「はい。ハリー様」

ハリーがため息をついてカールの名を呼ぶと、カールは笑顔を引っ込めて席に着いた。

今まで意識していなかったけれど、こうしてみるとハリーとカールの上下関係が良くわかる。

「カールは少し落ち着くように。マリエ様、今日ここに来ていただいたのは、まず、あなたとテレサ様の関係についてきちんと皆の前でお聞きしたかったからです。改めてになりますが、教えていただけますか？」

ハリーがマリエのほうを向きそう言うと、マリエも悲しそうな顔を維持したまま頷いた。

「わかりました……。本人を目の前にして話すのは怖いですが、護っていただけますか？　ハリー様」

そう言ってマリエはハリーの腕に手を添えた。ハリーはぎゅっと目を瞑ったあと、マリエの手に自分の手を重ねた。

「大丈夫だ」

それを聞いてマリエも決意したような顔になり、私のほうを見つめてきた。マリエは嘘をついているし明らかに悪意を感じるが、話を聞いたほうがいいと思い黙っておく。

「先ほども言った通り、テレサ様がクロエラ先生に付きまとっているのを何度か見かけました。クロエラ先生が困っているのを放っておけなくて、私、テレサ様に注意したんです」

マリエはそこで悔しそうに言葉を切った。

「ありがとう。マリエ様。私のために」

「いえいえそんなこと……！」

クロエラがにっこりと笑ってそう言うと、マリエは顔を赤くして否定した。さっとハリーと重ねていた手も離す。

離された自分の手をハリーがそっと撫でている。

なんてことをするんだ。

私は全然ハリーのことを好きではないが、あれは傷つくんじゃないだろうか。

私がいたたまれない気持ちになっていると、マリエは更に続けてきた。

「そうしたら……テレサ様から嫌がらせをされるようになってしまいました。でも！　それはクロエラ先生のせいじゃありませんし、私は気にしてませんから」

マリエは健気に訴える。

「嫌がらせとはつらかったね。テレサ様があなたに何をしたのか教えてもらえるかな？」

クロエラが言うと、マリエは俯いて顔を押さえた。

「いえ……思い出すのもつらいので……」

「マリエ様。私たちがついているので大丈夫ですよ。私たちはあなたのことを信じていますので」

「クロエラ先生……。そう、ですね。よくあったのが、暴言です。私は平民なので仕方ないのかもしれませんが……平民がこの学園に通うな、思い上がるな、マナーがなっておらず見苦しいなど言われました。マナーに関しては私も学んではいたものの、確かに見苦しい点もあったと思います。

ただ、平民を貶めるということは学園の規律にも背きますし、トマス様やクロエラ様のことも貶め

ることに繋がるので……私、悔しくて」

マリエはゆっくりとトマスとクロエラを見て、また俯いた。

「マリエ様はつらい思いをしたのだな」

ハリーがそれを聞いて、頷いた。

「そうなんです……ハリー様、ありがとうございます」

マリエが甘えるようにハリーの肩に手を置いた。それを一度握りしめてから、ハリーはマリエの手を外して戻した。

不思議そうな顔をするマリエに、ハリーは悲しそうな顔をした。

「マリエ様、マリエ様は……クロエラ先生が好きなのですか？」

ハリーの質問に、マリエは場違いに顔を赤くして微笑んだ。

「そんなこと……。でもクロエラ先生は、このつらい状況で私の励ましになってくれました……」

それは恋する乙女そのものだった。それを見たハリーは、顔を手で覆った。

「それは本当ですか？」

驚くほど冷たい声にそちらを見ると、カールがいつの間にかマリエのそばに立っていた。

「え、ええ……」

マリエが戸惑って答えると、カールはマリエの手を掴んだ。

「そうか。お前はハリー様を裏切ったのだな」

「えっ、なんなの！　手を離して！」

マリエが手を外そうと暴れるが、カールはまったく動く気配がない。それを察したマリエはハリーに憎々しげに訴える。

「ハリー様！　カール様に離すように言ってください！　とても手が痛いわ」

「カール、手を離してやれ」

ハリーがそう言うと、カールはさっとマリエを解放した。マリエは手を押さえながら、カールのことを睨みつけた。

「ハリー様、いったいどういうことですか？　カール様、失礼ですよ！」

憤るマリエを、カールは見えないかのように無視した。

「マリエ様……。クロエラ先生じゃなく、私にしておけばよかったんだ。私なら……」

マリエのほうに手を伸ばし、ハリーが苦しそうに言う。

もう少しでマリエに手が届くという時に、マリエがハリーの手を乱暴に払った。

「ハリー様は確かに素敵だわ。でも私はハリー様と付き合うことはできない。裏切ったなどと言われても、そもそも付き合ってもいませんでした。何故カール様はそのようなことをおっしゃるの？」

「確かに付き合ってはいなかったけれど、あんなにうまくいっていたじゃないか！」

マリエの言葉を聞いて、ハリーは声を荒らげた。

「そうね。でもあなたは王族でしょう。平民の私とハリー様とでは結婚できない。どうやって私のことをしあわせにしてくれるというの？」

マリエは眉を下げて、ハリーにそう告げた。その実感のこもった悲痛な言葉に、ハリーは悔しそうな顔をした。

「結婚はできなくとも、マリエ様に苦労はさせないようにすることはできた……！」

「馬鹿じゃないの？　私の母は、貴族の父と結婚できなかったから頭がおかしくなってしまったのよ！　そもそも父を殺して、私の人生を狂わせたのも王族じゃない！　もっと役に立つと思ったけれど、期待外れだわ。結婚もできないあなたに恋愛なんて求めてない」

マリエが吐き捨てるように言った。その急な態度の変化にびっくりする。先ほどまでは可憐な少女だったのに、ずいぶん攻撃的だ。

ハリーに鋭い視線と言葉を送るマリエに、ハリーも怯んだようだった。

マリエの父親の話は初耳だ。ゲーム内で主人公は片親だったはずなので、亡くなっているとは思っていたけれど、殺されていたとは思わなかった。それに王族が関わっているなんて。

私の疑問をよそに、マリエはハリーを一瞥（いちべつ）したあと、クロエラのほうを向いて笑いかける。

「クロエラ先生、私と結婚してくださいね。私しあわせになりたいんです」

その顔はとても可憐な少女のようで、先ほどまでの言動が嘘のようだ。無言でマリエを見つめていたクロエラだったが、しばらくしてため息をついた。

「残念だが、それはできない」

「えっ……！　な、何故ですか？」

まさか断られると思っていなかったようで、マリエはあからさまに慌てる。

「私は君のことがまったく好きじゃないからじゃないかな？　私が好きな人は他にいる」

キラキラとした笑顔で、クロエラはきっぱりとマリエに伝えた。その内容に、マリエは言葉が出ないようだった。

「マリエ様……。諦めてくれ。カール、マリエ様を拘束してくれ」

ハリーがクロエラの言葉を肯定する。ハリーの言葉にカールは頷いた。

「なんで？　なんでハリー様もクロエラ様も他の人も、誰も私の味方じゃないの？」

周りを呆然と見回したあと、ハッとしてマリエは胸元を探り、黒い宝石のついたネックレスを出した。

黒い宝石を手に取り、何か呟く。何かの魔法をかけたのか、黒い石が光を放った。一瞬で光は収まり、代わりにマリエから黒いモヤのようなものが出る。

「そう……魔法が解けかかっているのね」

熱に浮かされたような顔をして、マリエはネックレスを握り続ける。

もう片方の手をクロエラのほうに向けると、そのモヤのようなものがクロエラに向かってきた。

危ない！

私がとっさにクロエラとマリエの間に入ろうとすると、クロエラが私を抱きとめてマリエに背を向けた。

「クロエラ様！　危ないです！」

「大丈夫だ。良く見ろ」

私は叫ぶが、クロエラは至極落ち着いた声で囁き、私の背中をトントンと叩いた。その優しいリズムに落ち着きを取り戻した私は、そっとマリエのほうを見た。

クロエラのほうに来ていたモヤは、クロエラには届かず止まっていた。

「なんでクロエラ先生、そんな女を庇うの？　何も考えずに何の努力もせずに、ただ生まれが良かっただけでしあわせそうにしている女。テレサ様なんていなくなればいいのに！」

「いなくなっていいはずないだろ。俺のテレサだぞ」

そう言ってクロエラは私のことを更に抱きしめた。その言葉を受け、マリエは更に憎悪のこもった目で私を見てきたが、やはりそれ以上はモヤは来なかった。

マリエは何が起こっているかわからないようで、今度はハリーのほうへ手を伸ばした。クロエラの前で止まっていたモヤが、ハリーのほうへ向かう。

しかし、ハリーのほうに行った黒いモヤも、同じようにハリーの前で止まった。

「なんで？　なんでなの？」

「私が皆に黒の魔法を教えた。教えるのは苦労したが、さすがに皆優秀だ。彼らは徐々に精神感応が解けてきていて、今はすっかりかかっていない。私もあれから黒の魔法について更に勉強したよ。もう、かかることはないだろう」

黒の魔法への対抗手段を得たから、もう心配はないんだ。クロエラが言っていた「考え」というのはこのことだったのか。

皆が黒の魔法にかかっていたなんて……

わかってはいたけれど、やっぱりショックを受けてしまう。

「そんな！　あんなに時間をかけて術を完成させたのよ！　それなのに……！」

ほとんど泣きそうな顔のマリエの身体から、どんどん黒いモヤが生まれていく。そしてそのモヤはマリエの周りを囲み、部屋の空気が淀んでいくのを感じる。

「だいぶ取り乱しているようだ。いくら対抗手段があるとはいえ、この状況はまずいかもしれない。ここで待っていてくれ」

その様子をじっと見ていたクロエラが、私を部屋の端のほうに寄せる。マリエは怯えるように自分の身を抱いた。

「マリエ様の父親は、クズミ・スウェルだね」

クロエラはマリエにそっと歩み寄っていき、そう優しく問いかけた。

知らない名前だ。誰だろう。

私の疑問をよそに、他の人は皆知っている名前のようで、誰も反応しない。

マリエは衝撃を受けた顔をして周りを見渡すが、皆の反応を見て、そっと息を吐いた。

「そう、クロエラ先生も、他の皆も知っていたのね……。そうよ……私はあの男の、私生児だわ」

マリエは父親のことを不快感も露わに「あの男」と言った。

クロエラはその反応を意に介さず、静かな声で続けた。

「悪いが、調べさせてもらった。先ほどから握りしめているそれ、その魔導具は父親からもらったものだな？」

クロエラの言葉に、マリエはさっと顔色を変えてネックレスを握りしめた。

「黒の魔法に対抗する魔導具の効果を失わせる魔導具を作るとは、彼の執念を感じるな……。先ほども言ったが、残念だがもう無駄だ。魔法師団や王族のハリー様たちは対抗できる魔導具を持っているから油断していると思ったのだろうが、もう対策を取った。我々には君の黒の魔法は効かないんだ。諦めてくれ」

クロエラは淡々としたが、その内容は物騒だ。

「そんな……」

「ここで諦めて罪を償うと言ってくれれば、無理に拘束をすることはしない。ここで、終わりにしよう」

クロエラは優しげに話しかける。ハリーも苦しそうにマリエを見ている。

マリエは自分の魔導具の効果がなくなってしまったことにショックを受けたのか、力なく項垂れた。同時にマリエを囲んでいた黒いモヤが霧散する。

抵抗する様子がないマリエを見て、カールがマリエを連行するために動く。

その様子を見ていたクロエラは、ぽつりと今までの疑問を口にした。

「……しかし、黒の魔法を使うと反動があるが、何故君は動けるんだ？」

「反動？　ああ、それなら……」

クロエラの疑問に、項垂れていたマリエは顔を上げ、笑った。その顔があまりにも綺麗でぞっとする。

「反動を瘴気として身体に溜め込めるからよ」

そしてマリエは黒いネックレスを引きちぎり、私に投げつけてきた。

突然の出来事に、私はただ驚いて反応ができなかった。

「テレサ!!」

クロエラの慌てた声が聞こえる。

そして、マリエのネックレスが当たった瞬間、私の身体は瘴気に包まれた。

マリエのネックレスから出てきた瘴気は先ほどのモヤとは比べ物にならないほどに深く暗く――

そしてそれは、私の中に入ってきた。

瘴気が私の身体を侵食するように入ってくると、どんどん身体の自由が利かなくなるのがわかる。

痛みはないが不快感がすごい。

息苦しい。

目の前がどんどん霞んでいき、現実が遠くに行ってしまう。

「浄化だ！　浄化が使える者は浄化しろ！　他はマリエを捕らえろ！　……瘴気溜まりは見つからなかったが、まさか身体に溜めるだなんて、そんなことが……！」

周りに指示を出しているらしい厳しい口調のクロエラの声も、遠くに聞こえる。

「なによ！　瘴気ぐらい、あの男が私にしたことに比べたらよっぽどましよ！　離してよ！　私はしあわせになるんだから！　あの女の得るものを少しぐらい私に分けてくれたところで問題ないでしょう！」

マリエの叫び声も遠くに聞こえる。

……私はこのまま死んでしまうんだろうか？

マリエはしあわせになりたかったと言っているけれど、普通に過ごしていれば悪役令嬢テレサが憎むぐらいしあわせになれたのに……

何故こんなことを――

沈む意識の中で、マリエに感じたのは憎しみでもなく、疑問だった。

「テレサ！　しっかりしろ！」

クロエラの声が聞こえる。


そうだ。告白しないと。

そう思ったけれど、もう私の手も足も口も、何一つ自由にはならなかった。

＊　＊　＊

沈む。意識がどんどん沈んでいく。

暗くて底が見えない沼に引き込まれていくようだ。身体も重くてちっとも自由にならない。

私はぼんやりとする頭で何が起こったか整理しようとするが、まったくまとまりそうもない。

さっき。

マリエにネックレスを投げつけられて、そしたらマリエが溜めていたらしい瘴気が入ってきて。それで。

……クロエラは大丈夫かな。どうなっちゃったんだろう。

ぼんやりと考える私に、急に日本の風景が浮かんできた。

懐かしい自分の部屋が出てきて、そして気がつくと私は、透明人間のように部屋の隅に立っていた。部屋の真ん中の小さな机の上に、パソコンが置いてあるのが見える。

「やっと発売日だ！　わー楽しみだな」

その前に座り、うきうきとゲームの説明を読んでいるのは前世の私だ。パッケージを裏返したり、ぐるぐる全方向から眺めたりしている。

楽しみ具合が伝わってきて、なんだかすごく懐かしい気持ちになる。

仕事から疲れて帰ってきて、乙女ゲームをやるのが楽しみだった。

そうそう、このゲームはパッケージからして素敵だったな。

透明人間の私は、ゲームに近づいた。

そして、パッケージの裏側の説明文を、懐かしい日本人の私の後ろから覗き込むようにして読む。

＊＊＊＊＊

幼い頃から、あなたは虐げられて暮らしていました。

父親らしき人には、別の本当の家があるようでした。

それでも、父親がいる時はましでした。

父親が家にいる時は、母はとても優しくしてくれました。

父親はあなたに魔法のことをたくさん教えてくれました。

しかし、ある日父親は家に来なくなってしまいました。

父親から受け継いだ魔法の才能と、天からもらった豊富な魔力があなたにはありました。

虐げる母親から逃げるために、あなたは魔法学園に入る決意をします。

そしてそれは叶いました！

ただ、手続きに思わぬ時間がかかり、二年次からの編入となってしまいました。

それでも、あなたの道は明るいものになるはずです。

学園で、たくさんの素敵な出会いがあるでしょう！

＊＊＊＊＊

説明文を読んだ私は、驚いてしまう。こんなにさらりとヒロインの生い立ちについて書いてあったのか。

全然覚えがない。

恵まれた容姿に恵まれた才能。ヒロインは何でも持っていた。

ゲームのテレサはそんなヒロインのことが、羨ましくて妬ましくて……禁術に手を出した。

だけど、ヒロイン——マリエは虐げられて育ったようだ。

それでも今回マリエのしたことは許されることじゃないけれど……

前世の私を見つめながら、私はすっかりゲームの内容を思い出していた。

そうだ。

そういうことだったのか。

ゲームの話とここの話は繋がっていた。マリエの行動も、ゲームと同じだったんだ。

ゲームでは、ヒロインに意地悪をし続けた悪役令嬢のテレサは、徐々に立場が悪くなった。

そして、追い詰められた学園の中で禁術を行使し、ヒロインを陥れようとした。

そして、それは失敗した。

……違う。させられたんだ。

テレサは禁術の行使中に理性を失ってしまった。

ゲーム内ではその理由は「禁術のせい」としか触れられていなかった。

だから、ゲームをした人たちは、テレサが禁術に失敗したせいで理性を失ったのだと理解した。

でも先ほどのやり取りでわかった。テレサが正気を失った原因は、ゲームを攻略するために黒の魔法を使ったヒロインが溜めた瘴気だったんだ。ヒロインが、テレサに対抗するためにそれを使った。

ゲームの悪役令嬢テレサはヒロインに作られたものだった。黒の魔法で操られた攻略対象者たちに周りを固められて、悪役令嬢に仕立て上げられた。

そうして追い詰められたテレサは、禁術に手を出したが失敗した。

テレサはヒロインの溜めた瘴気を浴びて、そう、理性のない化け物になってしまった。

今回は、きっと私が黒の魔法を先に習得していたから、私の意識はゲームのようにはならず、無事なのだろう。ゲームの中で出てきた禁術とは、やはり黒の魔法だったに違いない。

そして、テレサを攻略対象者と倒し国の平穏を取り戻したヒロインは、国の聖女として崇められることとなり、意中の恋人と幸せに暮らすのだ。これで、ゲームはハッピーエンドとなる。

テレサを踏み台にして。

ハッピーエンドの乙女ゲームの裏側にいたのは——

悪意に満ちた環境をどうにもできなくて、どうにかしたくてもがき苦しんだ悪役令嬢。

主人公の完璧なしあわせのために、とことん犠牲になった哀れな存在。

それは、クロエラに出会わなかった私だ。

私の目から涙が零れる。

そんなこと許さない。

私は瘴気になんてやられたりしない。マリエには相応の罰を受けてもらう。

クロエラだって渡さない。

私は強く決意した。すると、ぼんやりしていた意識がはっきりとしてくる。

こんなところで寝ている場合じゃない。

マリエには罪を償わせる。悪役令嬢テレサの分まで。

私はこみ上げる怒りとともに、目を覚ました。

＊　＊　＊

目を開けると、目の前に馬鹿みたいに綺麗な顔があった。

「テレサ！　テレサ、大丈夫か！」

私の顔を覗き込んで、ぐしゃりと泣きそうな顔でクロエラが私の名前を呼ぶ。

そんな顔して、本当に冷徹キャラはどこに行ってしまったの。

返事をしようと口を開くが、喉がガラガラで声が出ない。

代わりに、動いた右手でクロエラの頬を撫でた。

私は大丈夫。

その気持ちはきちんと伝わったようで、クロエラは泣き笑いみたいな顔になる。そして、頬を撫でる私の手を握りしめ、その手に唇を寄せた。

その愛おしそうな仕草に急に恥ずかしくなる。

慌てて周りを見ようとするが、視界はまだぼんやりとしていて、近くにいるクロエラ以外はよく見えなかった。ある意味助かった。

「よかった……本当によかった。……おい！　誰か水を持ってこい！　早く！」

優しいその手に温かい気持ちでいると、クロエラは誰かからもらったらしい水を、横になった私の身体を起こして飲ませてきた。

しかしその力加減は最悪で、どんどん流し込まれる水に溺れそうになる。そして、結局むせた私の背中をクロエラが必死に擦る。

「テレサ！　大丈夫か！」

「……お水は美味しいし助かりましたけど、今しがた目を覚ました人に与える水の量じゃないですよ逆に死ぬところでしたよ」

私が涙目で必死にそう訴えると、クロエラは私にがばっと抱きついてきた。

「よかった、いつものテレサだな……」

クロエラの私のイメージは大丈夫だろうか。

クロエラの大胆すぎる介抱で少し復活した私は、周りを見渡す。

先ほどとあまり変わってはおらず、ハリーもカールもトマスも心配そうにこちらを見ている。

そしてマリエはカールに捕らわれて、床に身体を押さえつけられている。マリエは先ほどと同じ憎しみのこもった目で私を見ていた。

目が覚めたらすぐにでも殴ってやろうと思っていたが、まだ身体がちゃんと動かないし保留にする。

とりあえずマリエに近づこうと立ち上がろうとした私を、クロエラがさっと押さえた。

「まだ瘴気の影響は抜けていないはずだ。頼むからそのまま安静にしていてくれ。浄化はかけ続けてはいたが、すぐに動けるものじゃない」

「ありがとうございます。少し身体は動きにくいですが、酷くはなさそうです。あの、私は……どうなっていたんですか？」

　代わりに状況を把握しようとクロエラに問うと、クロエラは憎々しげにマリエを見た。

「マリエがお前に投げつけたネックレスは魔導具だ。マリエの父、クズミ・スウェルが作成したものだろう。彼はかつて黒の魔法を使って国家転覆を企み、粛清された。黒の魔法が規制される原因となった男だ。……おそらく、黒の魔法が規制されることを見越して、マリエに与えたのだと思う」

「反逆で粛清された貴族が、マリエ様の父親……」

「そうだ。そしてこの魔導具は、黒の魔法を使った反動を瘴気として溜め込むらしい。……先ほど少し触ってみたが、反動で生まれるマイナスの感情を溜め込んでいるという感じだ。こんなものを作っていたなんて考えが及ばなかった……本当にごめんなテレサ。危険な目には遭わせないって言ったのに……！」

　クロエラが悔しそうに涙を流す。私はそれを指で拭ってあげる。手に力が入らず、あまりうまくできなかったけれど。

「謝らないでください。そんな魔導具があるんですね。恐ろしいです」

「黒の魔法に特化したこのレベルのものを作れる者は今はいないだろう。並大抵の技術ではない。……それに、かなりの犠牲を払っているはずだ。通常なら作れない」

「犠牲とは？」

「……平たく言うと、人体実験だ。精神感応が使えるほど黒の魔法の適性が高い者はそういないのに、良く見つけたものだと感心するよ」

クロエラはそう言ってため息をついた。私が想像するよりずっと具体的に方法がわかるのだろう。

「そんな都合良くいるわけないじゃない」

馬鹿にしたような声が聞こえてそちらを見ると、マリエが床に伏せられたまま笑っていた。その狂気の姿にぞっとする。

「おい、勝手にしゃべるな」

そう言ってカールがマリエの腕をひねり上げる。

「いやいい、喋らせろ」

クロエラが冷たい声でカールに指示すると、カールは頷き、マリエの上半身を乱暴に起こした。

「何よ、痛いわね。一時期はあんなに可愛い態度だったくせに」

マリエがそう言うと、カールはカッと顔を赤くした。必死で自分を抑えようとしているのがわかる。

やっぱりマリエのことが好きだったのかな。それとも侮辱されたからだろうか……。黒の魔法にかかっていたなら……。そこまで考えて、やめる。

カールの胸の内はわからないが、わからないままでいい。

「何にも言わないのね。馬鹿みたい」

そうカールを一瞥すると、マリエはクロエラのほうを向いた。

「あの男に賛同する貴族もいたから、その中の誰かが用意していたんでしょうね。適性がありそうな者を連れてきて、どんどん手を加えて『消費』していったのよ。何人使い捨てたのかしらね？

でも、反逆が明るみに出そうになったら皆さっと引いていった。結局そいつらも粛清されたらしいけど。いい気味だわ」

マリエは歪んだ顔で笑った。

「必要なことだけ喋るんだ」

「そう？　あの男をのさばらせた王族にも、事実を知らしめたほうがいいと思ったんだけど」

マリエの言葉に、ハリーが表情を変えずに呟く。

「そんなことは、知っている。反逆者は皆捕らえられて、粛清された」

その声は多少震えていて、彼が必死で感情を抑えていることがわかる。マリエはそんな彼をじっと見つめた。

「じゃあ、これは知っているかしら？　粛清されることを悟ったあの男は、私にあのネックレスを渡した。そして——同じような効果の魔導具を私の身体に埋めた。私の身体にも瘴気を溜め込むことができるのよ。多少だけどね。それがどんなに苦痛なことだか、あなたにはわかる？」

小首をかしげてそう問うマリエに、ハリーは今度こそ衝撃を受けた顔をした。

「そんな！　身体に瘴気を？　魔導具を埋め込んだだって？」

「見せてあげてもいいわよ。私の胸の下。大きな傷があるわ。でもきっと不良品ね、瘴気は漏れているみたいで、黒の魔法を使うと、あとでとても身体が痛くなるの。それに私、光の魔法が使えるからなかなか死なないみたい。いろいろな実験をさせられた。実際、普通の人間なら瘴気を出し入れする前に死ぬんじゃないかしら」

「そんなこと……自分の娘に……」

「瘴気を自由に出し入れできたら便利だと思ったんじゃない？　実際便利だったわ。黒の魔法を使ったら誰かに瘴気を与えればいいし、黒の魔法が効かない相手にも瘴気なら使えるものね」

マリエは気のないような口調で軽く言うが、それは。

「ニコルには黒の魔法が効かないから、瘴気を使ったのね……」

ニコルは黒の魔法を学んでいた。だからマリエの味方にはならなかったニコルは、あんな目に遭わされた。悔しくなる。楽しそうに黒の魔法について語ってたニコルを、よくも。

「私のこと全然好きそうじゃないんだもの。仕方ないわ」

「ニコルはとてもいい子なのよ！　そんな理由であなたが暴力を振るっていい相手じゃないわ」

「それは彼があなたに優しくしてくれたからそう思うだけよ。馬鹿みたい。男に囲まれて浮かれちゃって。……結局私のことなんて、誰も好きじゃないんだからむかつくわ」

マリエはそう言って下を向いた。その言葉を聞いたハリーが、マリエの前に立った。

「そんなことはない！　私はマリエ様が好きだった。今だってそうだ……！　君の楽しそうに笑う姿が好きだし、意外と度胸があるところも好きだ。勉強にもまっすぐ取り組んでいて、その姿はとても眩しかった……！」

ハリーが声を荒らげて、マリエの好きなところを挙げていく。

その姿をじっと見つめたマリエは、ため息をついた。

「今更遅いわ。私はそもそも王族を許していないから。私の不幸はあなたのせいでもあるわ」

マリエの言葉に、ハリーはそれ以上何も言わず、ただ涙を流した。

「もういい。カール様、マリエを連れていってくれ」

黙っていたクロエラが、カールに指示を出した。カールは頷いて、マリエを立たせてそのまま連れていく。

「こんなことって……」

マリエはヒロインだったのに。

マリエの後ろ姿を呆然と見ていた私だったが、どうしても聞きたくなり、声をかける。

「マリエ様の父親は粛清されたのに、どうしてあなたは黒の魔法を使い続けたの？　そんなことしなくたって、あなたならやっていけたのに！　こんな酷いことをどうして……」

私の言葉に、マリエは少しだけ振り返った。

「……確実にしあわせになるためよ。あなたみたいな人にはわからないでしょうけど」

その表情は見えなかったけれど、その声には侮蔑が混ざっていた。そしてその後は振り向きもせずに行ってしまった。

あとには、荒れた部屋が残った。

「テレサ、俺の部屋に行こう」

クロエラが私の肩を抱いて、ハンカチで私の頬を拭った。私もいつの間にか泣いていたようだ。

私は頷いて、クロエラに招かれるまま教務室に向かった。

エピローグ

クロエラの教務室に二人で入り、扉を閉める。

まだ涙の引かない私を椅子に座らせ、クロエラは手ずから温かい紅茶を淹れてくれる。

「ほら、飲んで」

「ありがとうございます……。うわ、甘い！」

ゆっくりとひと口飲むと、喉が焼けるぐらい甘い液体が流れ込んできた。驚きすぎて涙が引っ込む。

私の甘さにやられてぐしゃっとした顔を見て、クロエラは綺麗な顔で微笑む。悪い顔だ。

「元気出たか？　テレサは甘いものが好きだからな」

「これ、わざとですか？　飲み物か砂糖かわからないような液体が好きだという話はしたことがないと思いますが」

「残念だ」

私がカップを持ち上げて抗議すると、クロエラはさっと自分のと交換してくれた。

クロエラはまさかこの甘さが好きなのだろうかと思ったが、そのままカップを端に寄せているので違うようだ。

クロエラの謎の冗談で少し緊張がほぐれた私は、交換された通常の甘さの紅茶を飲み、ほっとため息をついた。

「マリエ様……どうなるんでしょうか」

マリエにされたことは許せない。

テレサは化け物にされるところだったのだ。クロエラがいなかったら、私は何もしていないのに悪役令嬢に仕立てられ、孤立して、追い詰められているところだった。

それでも。

しあわせになりたいから、という子供じみた理由だけでこんなことをしたマリエに、憐れみも感じていた。

「そうだな。黒の魔法の研究で役立ってもらうこととなるだろう」

クロエラは素っ気なく言った。その素っ気なさが、マリエのこれからの過酷さを示しているように思われた。

同情はしない。罪は償うべきだ。

……けれど。それでもそうせざるを得なかったような彼女を思い出してしまう。私の気持ちを見透かしたように、クロエラが続けた。

「当然罪は償わせるが、強制的に使わされていた黒の魔法の影響もあった可能性は否定できない。そこまで酷いことにはならないはずだ」

「……ありがとうございます」

私は目を閉じ、紅茶を飲んだ。温かくて美味しい。

「そういえば、トマス様は魔力がないから黒の魔法の習得はできないですよね？　どうやって精神感応から抜け出せたのですか？」

「いや。トマスは魔力がないから、そもそも黒の魔法にはかからなかったんだ。黒の魔法は相手の魔力を利用するものだからな。周りの人たちとマリエの言動で、すっかり惑わされてしまったんだろう。まあ、あれだけ身近な人がはっきり証言すれば、そう思ってしまうのも無理はないのかもしれないが」

「そうだったんですね。黒の魔法って、魔力がない人にはかからないんですね」

だから、ニコルとカフェで話した時にマリエに妄信的にならず、私の言葉を信じてくれたのか。

「そのようだ。黒の魔法も万能ではないってことだな。今回の事件がこじれたことには、自分たちには対抗する魔導具があるからと、黒の魔法そのものを機密事項にして済ませていた王族にも責任がある。王族に責任を取らせることは難しいが、記憶が薄まらないうちに、今後黒の魔法をどういう扱いにするかを決めようと思う」

「それは王族に任せて問題ないのでしょうか」

「任せたら問題あるだろ。魔法師団から強く圧力をかけるから大丈夫だ。下地もこちらで作らせてもらう」

「王族に圧力」

「意外と権力があるって言っただろ。本当なんだぞ」

そう言って、クロエラは私の髪を撫でた。そうして私の顔を覗き込んだ。

近くにクロエラの顔があって、すっかりどきどきしてしまう。

「……クロエラ様は、もしマリエ様の魔法にかかり続けていたら、誰も疑問に思わずにマリエ様と結婚していたのでしょうか」

胸の鼓動を誤魔化すように、私は意味のない疑問を口にした。

ゲームのクロエラルートのエンディングでは、ウエディングドレス姿の主人公の隣に綺麗な笑顔のクロエラがいた。私が手出しをしなかったら、あれが現実の未来になっていたのだろう。

私を殺したあとに。

私が何とも言えない気持ちになっていると、そんな私を見たクロエラがため息をついた。

「精神感応をかけて恋愛をしたところで、魔法をかけた本人のイメージが相手に反映される。それって結局妄想と一緒じゃないか？　そんな人と一緒にいたところで満たされないだろう」

私はクロエラの言葉にハッとした。

ゲームの中のクロエラ。今のクロエラとは全然違うそのキャラクターは、黒の魔法にかかったクロエラ——つまり、マリエが思うクロエラだったのではないだろうか。

クロエラは、学園での付き合いしかなかったマリエには素の姿を見せていなかったんだ。だから
クロエラのキャラにゲームとの齟齬(そご)があったんだ。

私はそのことに気がつき、嬉しくなる。これは、このクロエラは私だけが知っている姿なんだ。

嬉しくなったその気持ちのまま、私はクロエラに抱きついた。

「テレサ……！」

クロエラが慌てた声を出すが、関係ない。

「私、諸々が解決したらクロエラ様に伝えたいことがあったんです」

今の私はゲームの悪役令嬢ではなくなった、ただのテレサだ。そして、クロエラも。

私の言葉に、クロエラはそっと私を抱きしめた。

「それは……俺の望むことかな」

私の背中をゆっくり撫でるクロエラは、確かめるように小声で囁いた。その低くて甘い声にうっとりとして目を閉じる。

「そうだといいと思っています」

「そうしたら、俺から言わせてほしい。的外れじゃないといいんだが」

クロエラは私から身体を離し、跪いて私の手を取った。そして、その手に一度唇を寄せると、私の目をじっと見つめた。

顔が赤くなるのを感じる、慌てて空いているほうの手で頬を押さえる。心臓が驚くほどどきどきしているけれど、クロエラから目が離せない。息の仕方がわからなくなりそうだ。

「クロエラ様……」

「テレサ。好きだ。俺と結婚してほしい」

端的に言われた言葉がクロエラらしくて、そして嬉しくて、先ほどとは違う涙が流れる。

少し眉を下げて私の様子を窺うクロエラが愛おしくて、笑みが浮かぶ。

完璧そうな人なのに、私の返事一つを不安そうに待っている。

「私も、クロエラ様のことが好きです。本当に。ずっと一緒にいたいです」

私がそう言うと、クロエラはすごく嬉しそうに笑ってくれた。

「ありがとう、本当に嬉しい。テレサと出会えて俺は本当に幸運だった。こんな好きな人ができるだなんて、想像したこともなかった……！」

クロエラは立ち上がって、私の頬に手を置いた。

私はその手に自分の手を重ねてクロエラの体温を感じた。

とても温かくて、しあわせな気持ちになる。

そして、クロエラはゆっくり私の唇に自分の唇を重ねた。

そして、またぎゅうぎゅうと抱きしめられる。

私は嬉しさと恥ずかしさで、クロエラの肩に顔をくっつけた。

温かな体温にどきどきするのに、安心する。不思議な感覚だ。

……マリエは、こういうのを求めていたのかな。

ただ、しあわせになりたいと。

私もぎゅっとクロエラを抱きしめた。

クロエラの上気した顔がすぐ近くだ。私もきっとこんな顔をしているんだろう。

そして身体を離して、違う話題をクロエラに振った。

「ところで、ニコル様は何故ずっとお休みされているんですか？」

「こんないい雰囲気の中、他の男の名前を出すとかどうなってるんだ」

私の疑問に、クロエラが不機嫌な声を出すので笑ってしまう。

「だって、気になるじゃないですか。もう秘密じゃなくなったかなと思いまして」

「そうだな、もう良いだろう。平たく言えばマリエを油断させるためだ。黒の魔法にかからないニコル様が学園にいると、話がややこしくなるだろう?」

「ああ、それは確かに。ニコル様がまた狙われる可能性もありますもんね」

「そうだ。実際複数の生徒には瘴気を使っていたようだし、何をされたかはわかっていなかったけれど、ニコル様をまた危険な目に遭わせるわけにはいかないからな」

「そうだったんですね。それなら解決したし、会えそうで嬉しいです」

私が喜ぶと、クロエラは私のことをまた抱きしめた。

「他の男に会いたいと言っている婚約者を許すとか、まじで俺心が広い」

「そうですね」

私が笑うと、クロエラはむっつりとした顔をして、私の頬をつねった。

「今日、ここで解決させるつもりだったから、ニコル様は別の部屋で待ってるよ。テレサが会いたいだろうと思って連れてきた」

「え! 本当ですか?」

「そうだ。俺はテレサが思うよりずっと心が広いんだぞ。ニコル様もずっと蚊帳の外だから拗ねてたようだけど」

「拗ねてるとか可愛いですね。じゃあ、早く行きましょう!」

私はそう言って立ち上がった。

クロエラに手を出すと、しぶしぶといった風にクロエラが私の手を取る。

私はクロエラを引っ張り教務室の扉に手をかけた。

そして、扉を開けるふりをしてクロエラと繋いだ手を引き、そのままクロエラにキスをする。

「隙あり！」

私がクロエラの顔を覗き込んで笑うと、クロエラは口を押さえて真っ赤になっている。

これも、私しか知らない姿だろう。

私はにやにやとしながら、もう一度クロエラと手を繋いだ。

「じゃあ、ニコル様に会いに行きましょう」

「あとで、覚えてろよ」

真っ赤な顔を隠すように下を向いたクロエラが、低い声で言う。

「望むところです。でも、まずはデートからですよ！」

「それこそ望むところだ。得しかないな」

そう言って二人で笑いあった。

この作品に対する皆様のご意見・ご感想をお待ちしております。

おハガキ・お手紙は以下の宛先にお送りください。

【宛先】

〒150-6008 東京都渋谷区恵比寿4-20-3 恵比寿ｶﾞｰﾃﾞﾝﾌﾟﾚｲｽﾀﾜｰ 8F
（株）アルファポリス　書籍感想係

メールフォームでのご意見・ご感想は右のＱＲコードから、
あるいは以下のワードで検索をかけてください。

ご感想はこちらから

本書は、「アルファポリス」（https://www.alphapolis.co.jp/）に掲載されていたものを、
改稿、加筆のうえ、書籍化したものです。

悪役令嬢(あくやくれいじょう)は冷徹(れいてつ)な師団長(しだんちょう)に何故(なぜ)か溺愛(できあい)される

末知香（みちか）

2023年 9月 5日初版発行

編集－大木 瞳
編集長－倉持真理
発行者－梶本雄介
発行所－株式会社アルファポリス
〒150-6008 東京都渋谷区恵比寿4-20-3 恵比寿ｶﾞｰﾃﾞﾝﾌﾟﾚｲｽﾀﾜｰ8F
TEL 03-6277-1601（営業） 03-6277-1602（編集）
URL https://www.alphapolis.co.jp/
発売元－株式会社星雲社（共同出版社・流通責任出版社）
〒112-0005 東京都文京区水道1-3-30
TEL 03-3868-3275
装丁・本文イラスト－UIIV◇
装丁デザイン－AFTERGLOW
（レーベルフォーマットデザイン—ansyyqdesign）
印刷－中央精版印刷株式会社

価格はカバーに表示されてあります。

落丁乱丁の場合はアルファポリスまでご連絡ください。

送料は小社負担でお取り替えします。


ISBN978-4-434-32510-6 C0093